Impressum

Bibliografische Information der Deutschen Nationalbibliothek:
Die Deutsche Nationalbibliothek verzeichnet diese Publikation
in der Deutschen Nationalbibliografie; detaillierte bibliografische
Daten sind im Internet über www.dnb.de abrufbar.

Cover und Bildgestaltung Mario Marcato

Herstellung und Verlag: BoD – Books on Demand, Norderstedt

ISBN 9783734748400

Über den Autor:

Der Name Spencer Corvis ist ein Pseudonym

Spencer Corvis ist in den 80ern geboren worden, hat seine schulische Ausbildung in den 90ern durchlebt, seine berufliche Ausbildung folgte in den 2000er Jahren

Geboren, Aufgewachsen und und immer noch wohnhaft ist Spencer Corvis im unteren Franken in einem kleinen 400 Seelenort

Spencer Corvis

Kommisar Max Schneider

Abgetaucht

Vorwort und Danksagungen

Das dieses Buch, von mir geschrieben, nun tatsächlich erscheint, ist für mich die Erfüllung eines lange gehegten Traumes. Ich weiß, das viele Andere das vor mir schon in dieser, oder einer ähnlichen Art gesagt haben, aber diese Worte treffen es einfach am Besten.

Mir ist bewusst, dass ich kein Top-Autor bin, und es vermutlich auch nie werde, aber das Schreiben von Geschichten bereitet mir eine große Freude und ,gesetzt den Fall, dass sich eine Leserschaft für meine Geschichten findet, so hoffe ich, dass ich ein wenig der Freude die mir das Schreiben gemacht hat, an diese Leute weitergeben kann.

Es gibt einige Leute denen ich zu Dank verpflichtet bin, unter Anderen Lutz und Dave, da sie mir immer wieder Mut gemacht und mir gut zugeredet haben, dass ich Talent hätte und ich unbedingt weiterschreiben soll. Jedoch muss ich 3 Personen hervorheben, die sich am Meisten für mich ins Zeug gelegt haben:

- Anja, meine fleißigste Testleserin. Ohne dich hätte ich die Geschichte vielleicht niemals zu Ende geschrieben. Dein Interesse und deine Begeisterung hat mich mehr als einmal dazu angetrieben, an diesem und an meinen anderen Romanen weiterzuarbeiten

- Steffi, meine private Lektorin. Wärst du nicht gewesen, würden sich viele Leute in erster Linie über einige Rechtschreib- und Flüchtigkitsfehler aufregen, und könnten sich nicht auf die Geschichte konzentrieren

- Mario, der Mann für das Marketing und die Illustrationen. Dank deines Einsatzes und deinem Glauben an meine Fähigkeiten als Autor kann ich mich nun wirklich so nennen. Ohne deine Hilfe wäre dieses Buch vielleicht niemals veröffentlicht worden

Ich bin stolz, diese Personen seit Jahren zu meinen Freunden zählen zu dürfen, ich danke euch von ganzem Herzen für alles!

Abgetaucht

Kapitel 1

"Wäh! Was ist das denn, verdammt?!"
Die Stimme hallte durch die Flure der
Polizeiwache. Erschrockene Blicke richteten
sich auf die Person, von der die Worte kamen.
Angewidert blickte Max auf den Becher in
seiner Hand, ehe er ihn mit verzogenem
Gesicht in die Topfpflanze leerte, die
praktischerweise neben dem Wasserspender
aufgestellt wurde.
Er sah sich suchend um, aber offenbar hatten
alle seine Kollegen etwas Besseres zutun als
sich von ihm anmeckern zu lassen.
Jedenfalls war niemand mehr auf dem Gang zu
sehen. In Ermangelung einer Alternative ging
er in das Büro seines Kumpels Arni, in der
Hoffnung dort jemanden zu finden, bei dem er
etwas Dampf ablassen konnte.
Arni, der den Spitznamen aufgrund seiner
Oberarme bekommen hatte, saß wie üblich
hinter seinem Schreibtisch und wirkte wie
immer gut gelaunt.
'Aber nicht mehr lange...'
"Arni!"
"Ey, Max, was läuft?"

"Auf jeden Fall nicht das Wasser im Spender. Was ist das für eine Siff-Brühe?"

"Aja, das hast du noch gar nicht mitbekommen, wir haben einen neuen Wasserlieferanten."

"Das habe ich bemerkt, aber warum der Mist?"

"Naja, ich schätze mal weil es billiger ist. Ich habe etwas gehört von 'weniger als 10 Cent pro Liter', du weißt ja, der Staat muss sparen, um den ausgeglichenen Haushalt zu erhalten."

"Und wer zahlt die Zeche? Der kleine Mann auf der Straße..."

"Nun, 'kleiner Mann' trifft bei dir ja zu, Max. Mit deinen knappen 1,70 m."

"Gute 1,70 m, ja? Und verdammt, wie viel hat denn bitte das alte Wasser gekostet?"

"Ich glaube... 11 Cent pro Liter."

"Und was für ein bekackter Lieferant ist das nun?"

"Paramo, Frank Paramo."

Max verzog wieder das Gesicht. "Oh nein, nicht dieser Furz..."

"Was hast du gegen den Typen?"

"Abgesehen von seinem Wasser, dass er ein arroganter, dummer und selbstgerechter Scheißhaufen ist."

"Woher kennst du ihn eigentlich?"

"Wir waren einmal im selben Sportverein.

Und er kommt aus meiner Heimatstadt."
"Du meinst wohl Heimatdorf.
Unter 1000 Einwohnern ist das nicht einmal
im Ansatz eine Stadt."
"Wie auch immer, der Kerl ist ein Affe.
Das war er damals und so, wie sein Wasser
schmeckt, ist er das auch heute noch."
"Dann sollte er wohl lieber Bananen
verkaufen."
Ein leichtes Lächeln umspielte Max'
Mundwinkel. Arni hatte es sogar geschafft, ihn
etwas aufzumuntern, aber nur ein wenig.
"Gibt es sonst noch etwas Neues, was ich
wissen müsste?"
Arni strich sich durch seine schwarzen
gegelten Haare, wie immer, wenn er
nachdachte. "Hm, der neue Wasserlieferant,
ein Viertel der Kollegen sind krank,
nocheinmal so viele im Urlaub, und wir
Idioten hocken hier herum und weil wir nicht
wissen, mit welcher Arbeit wir anfangen
sollen, machen wir lieber gar nichts."
Klang wie ein üblicher Arbeitstag.
Max wollte sich gerade mit einem 'Schönen
Tag noch' umdrehen und wieder verschwinden,
als Arni's Telefon klingelte und dieser heftig
nach dem Hörer griff. Arni konnte es auf den
Tod nicht leiden, wenn ein Telefon öfter als
einmal klingelte.

3

"Polizeiwache Altstadt, Klein am Apparat."
Arni hasste seinen Nachnamen, besonders mit
einer Körpergröße von fast 2 Metern.
Er stellte einige Standardfragen und machte
sich ein paar Notizen, ehe er mit "Danke und
schönen Tag noch" auflegte.
Er sah Max mit einem schiefen Grinsen an.
"Also, was gibt es?" fragte er, nachdem
mehrere Sekunden nichts passierte.
"Es gibt Arbeit, wir haben einen toten
Taucher."
"Aha, ok, dann fahr ich einmal los zum See."
"Nicht zum See."
"Gut, dann zum Flussufer, wo liegt der
Kunde?"
"Nicht am Flussufer."
Langsam riss sein Geduldsfaden.
"Ist der Kerl beim Tauchen in der Badewanne
ersoffen oder was?"
Arni's Grinsen wurde noch schiefer. "Bingo!"
Max starrte ihn mit großen Augen an. "Willst
du mich verarschen?"
"Nein, wir haben tatsächlich einen toten
Taucher in der Badewanne!" Er reichte Max
den Notizzettel mit der Adresse. "Viel Spaß
beim Lösen dieses Falls!"

Abgetaucht

Kapitel 2

Max war bei der Adresse angekommen die ihm Arni gegeben hatte und fühlte sich gleich an seine Kindheit erinnert. Das Haus war etwa 4 Jahrzehnte alt, anscheinend noch mit dem ersten, schätzungsweise gelben Anstrich und wunderbar alten, vermutlich schlecht oder gar nicht isolierten Holzfenstern.
Er wischte die Gedanken an seine Kindheit beiseite und trat durch die offene Haustür.
Das Innere des Hauses war eine Fortsetzung der Außenansicht. Max sah sich suchend um, aber es schien kein Aufzug vorhanden zu sein. Naja, bei 3 Stockwerken auch eher unüblich, aber trotzdem war die Treppe Behinderten gegenüber ein unüberwindbares Hindernis`.
Als Max schwer atmend im 2. Stock ankam, waren der Gerichtsmediziner und die Spurensicherung schon da. Außer natürlich Arni, der aufgrund der vielen Krankheitsausfälle im Revier die Stellung halten musste.

Max schob sich an ein paar Jungs, die an der Wohnungstür Fingerabdrücke sicherten, vorbei und sah sich in dem Flur der Wohnung um. Nicht gerade geräumig und schon gar nicht wohnlich, ziemlich trist und eine abscheuliche Tapete. Das erinnerte ihn sowohl an seine Kindheit, als auch an seine aktuelle Wohung. Nach kurzem Überlegen, welche der 5 anderen Türen wohl zum Badezimmer führen würde, entschloss er sich seinen Kindheitserinnerungen zu folgen. Also nahm er die Tür gleich links und siehe da, die richtige Tür! Der Gerichtsmediziner stand neben der Badewanne und machte sich Notizen.
"Hey Leichenfummler, was haben wir hier?"
"Hi Max." Er sah nicht auf und bearbeitete weiterhin seinen Notizblock. "Meinst du, abgesehen vom Offensichtlichen? Der Junge ist zu weit hinaus geschwommen und hat zu lange mit zu wenig Sauerstoff getaucht."
"Sehr lustig. Aber im Ernst, ist der Kerl beim Tauchen ertrunken? Und wenn ja, wie zum Teufel soll das gehen?"
"Wie du dir vorstellen kannst, hab ich ihn noch nicht aufgeschnitten, also ist meine Untersuchung nicht nur nicht vollständig, sondern auch rein spekulativ und nicht faktisch fundiert."

6

Ein Oberlehrer war Nichts dagegen.

Max kniff die Augen zusammen und rieb sich die Schläfen. "OK Doc, dann eben rein subjektiv, wie ist deine Vermutung?"

"Es scheint so, als ob er ertrunken ist, das passiert mehr Leuten in der Badewanne, als man glaubt. Zu wenig Schlaf, zu viel Müdigkeit oder Erschöpfung von der Arbeit, manchmal in Verbindung mit Alkohol oder Drogen und schon hat man eine Wasserleiche in der Badewanne.

Allerdings wäre es mir neu, dass jemand zum Baden einen Taucheranzug anzieht."

"Dann sind wir uns in dem Punkt wohl einig."

Max betrachtete den Kopf des Toten, der mit der Taucherbrille und dem Schnorchel unfreiwillig komisch wirkte. "Haben wir irgendwelche Verdächtigen?"

"Nicht wirklich. Rede mal mit dem Hausmeister und der Mieterin von der Wohnung direkt unter dieser hier, die sind in ihren Wohnungen. Der Hausmeister ist im Erdgeschoss in der Hausmeisterwohung, beide haben die Leiche gefunden, das dürfte dir gefallen."

Was er damit meinte, war ihm zwar nicht klar, aber egal, jetzt hieß es die Treppen wieder herunter steigen.

Und verdammt, durch den bekackten
Personalmangel wurden die Beiden, die die
Leiche gefunden hatten noch nicht vorverhört,
das hieß, alles blieb an ihm hängen.
Jetzt war nur die Frage, wen er zuerst verhören
sollte und entschied sich für die Frau, einen
Stockwerk tiefer, so musste er die Treppen
nicht unnötig oft rauf und herunter steigen.
An ihrer Tür angekommen, betätigte Max den
Klingelschalter. Kein Knopf, sondern ein
kleiner, altmodischer Taster in
Lichtschalteroptik, der im Dunkeln ein
schwaches, grünes Leuchten abgeben sollte.
'Haben die das bekackte Haus nach meinen
Kindheitserinnerungen gebaut oder was?!'
Das altertümliche 'Ding-Dong' ließ sofort
Schritte im Flur entstehen.
Kurz darauf wurde die Tür aufgerissen, das
Gesicht ließ Max daran zweifeln, dass hier
eine Frau vor ihm stand.
"Guten Tag, ich bin…"
"Wir geben nichts! Verdammte Schnorrer!"
Mit diesen Worten wurde die Tür wieder ins
Schloss geworfen.
Max zog eine Augenbraue hoch, während der
Knall der Tür im Treppenhaus widerhallte. Er
überlegte, ob er erneut klingeln oder lieber
seinen Job an den Nagel hängen sollte,
entscheid sich dann aber doch für Ersteres.

Nach kurzer Zeit war gedämpftes Gebrüll hinter der Tür zu vernehmen.

"Kapieren es diese versifften Penner denn nie?!"

Die Tür wurde wieder aufgerissen und das Gesicht, dass diesmal in der Tür erschien, erinnerte nur noch entfernt an einen Menschen, geschweige denn an eine Frau.

"Es gibt kein Geld, keinen Schnaps kein..."

"Kommissar Max Schneider, Mordkommission. Ich bin hier, um sie über den Vorfall zu befragen."

Die Worte schienen angekommen zu sein, die entgleisten Gesichtszüge versteinerten und der böse Blick wich Entsetzen.

"Sie sind... oh, bitte entschuldigen Sie! Ich hielt sie... ich meine, Ihr Aufzug... aber ich verstehe, Sie haben wahrscheinlich verdeckt ermittelt bei den Pen... bei den Obdachlosen hier bei uns in der Gegend. Kommen Sie doch bitte rein!" Sie drehte sich um und watschelte in ihre Küche.

Max sah an sich herunter. 'Was passt denn dieser alten Schnalle nicht? Der abgewetzte Mantel, die ausgelatschten Schuhe?' Oder störte sie sich an seinem T-Shirt mit der Aufschrift 'Böhse Onkelz'? Naja, egal... Max folgte ihr so unauffällig, wie möglich.

9

In der Küche angekommen, bot sich ihm der Anblick von mindestens 3 Tagen nicht gespültem Geschirr und einem Fliesenboden, der als solcher fast nicht mehr zu erkennen war. Und wäre das nicht genug gewesen, sprang ihn ein kleiner Scheißkläffer wütend und bellend an. Max wäre vor Schreck fast über die leeren Weinflaschen neben der Küchentür gestolpert.

"Aus Zecke, aus!" Brüllte die Schabracke ihrem Mini-Terrier zu, doch den schien dass nicht weiter zu beeindrucken.

"Warten Sie, ich nehme ihn auf den Arm, dann beruhigt er sich! Bei fremden Leuten regt er sich immer ein bisschen auf."

'Ein bisschen?!'

Als sie den Hund halb auf dem Arm und halb auf der Schulter hatte, begann er sich zu winden wie eine Schlange, knurrte und deutete an, der Alten ins Ohr beißen zu wollen.

"Ja, so ist brav Zecke."

'Warum hab ich nur das zweite Mal geklingelt?' Max zählte in Gedanken bis 10 und nahm sich vor, diese Befragung so schnell wie möglich hinter sich zu bringen.

"Also Frau... wie war noch gleich Ihr Name?" Wie üblich hatte Max vergessen, sich bei seinen Kollegen näher zu erkundigen und an dem Klingelschalter stand auch kein Name.

"Busch, Hildegard Busch."

'So sehn Sie auch aus...' "Sie haben also den Toten zusammen mit dem Hausmeister gefunden, wie kam es dazu?"

Frau Busch holte tief Luft. Max richtete sich schon auf einen nicht enden wollenden Redeschwall ein.

"Also, Herr Kommissar das war so: Ich bin heute morgen, oder besser gesagt, schon ein wenig auf Mittag, ins Badezimmer. Ich wollte mich frisch machen, es war ja so eine heiße Nacht, da schwitzt man sich ja die Seele aus dem Leib. Da klebt ja alles und das ist ja wirklich nicht mehr feierlich. Also ging ich ins Bad und da seh ich doch gleich, wie von der Decke das Wasser tropft. Der ganze Boden war schon nass. Ich dachte natürlich, da ist irgendwo ein Rohr geplatzt, aber dann kam es mir, dass der Typ, der über mir wohnt, dieser Lennard Meyer, dran schuld ist, weil der ja schon immer ein Störenfried war.

Der wischt nicht die Treppe, kehrt nicht den Hof, lässt seine Schuhe im Treppenhaus herum stehen und erst diese Kumpels, seine Arbeitskollegen. Wenn die zusammen Party feiern, also wirklich.

Ich bin wirklich keine Person, die anderen was missgönnt, aber ein wenig Ordnung muss sein..."

Max sah sich noch einmal in der Küche um.
'Hm, ist klar...'
Das Ganze ging noch einige Minuten weiter,
wobei sich alles immer wiederholte und Max
wurde es langsam zu viel... Er hob die Hand,
um der Dame zu zeigen, dass sie einhalten
sollte.
"Danke, das Alles war sehr... aufschlussreich.
Ich werde erst einmal... verarbeiten und dann
melde ich mich bei Ihnen."
"Aber Sie haben ja erst die Hälfte gehört, da
gibt es noch viel mehr was Sie interessieren
dürfte!"
'Großer Gott, nein, bloß nicht!' "Natürlich, ich
verstehe, aber wir können so viele
Informationen nicht auf einen Schlag
verarbeiten", 'geschweige denn wollen`.
"Also ich werde mich melden. Und rufen Sie
nicht uns an, wir rufen Sie an, machen Sie's
gut Frau Busch!" Mit diesen Worten stürzte
Max zur Wohnungstür und fühlte sich erst
sicher, als das Schloss hinter ihm eingerastet
war...

Nach dieser mehr als verstörenden
Unterhaltung mit Frau Busch, hoffte Max, dass
der Hausmeister ein normaler Mensch wäre,
zumindest ein wenig normaler als diese
Schnapsbirne.
Er kam vor der Tür des Hausmeisters im
Erdgeschoss an und drückte den Klingel-
Taster und welche Überraschung. Das
altbekannte Ding-Dong wurde durch ein
wesentlich moderneres Ding-Ding-Dong
ersetzt.
Wenige Sekunden später wurde die Tür
geöffnet und ein circa Mittfünfziger stand vor
Max.
"Guten Tag, ich bin Kommissar Max
Schneider und wollte Ihnen ein paar Fragen zu
dem Taucher stellen."
"A-aja, k-kommen S-sie d-doch b-bitte r-rein."
Max zog unwillkürlich eine Braue hoch,
wollte der Kerl ihn verarschen, oder war er so
nervös?
Als sie gemeinsam am Küchentisch saßen,
erklärte der Hausmeister, dass er seit frühester
Kindheit stotterte, es aber ganz gut im Griff
habe, solang er nicht zu viel Stress hätte.
'In diesem Haus zu dieser Zeit wohl kaum
machbar, ohne Stress zu leben', dachte sich
Max.

"Also Herr Heinzelmeier, fühlen sie sich im Stande, mir zu erzählen, was vorgefallen ist?"
"N-nun, e-es i-ist e-etwas s-schwierig, a-aber i-ich h-hab d-da e-etwas a-aufgeschrieben..."
Mit diesen Worten reichte er Max ein DinA-4-Blatt und nach einem kurzen Stirnrunzeln begann Max zu lesen:

"Hören Sie, ich will wirklich niemanden anschwärzen, oder sowas, aber das reicht!"
Die keifende Frauenstimme erfüllte das gesamte Treppenhaus und biss sich in seinen Gehörgang. Er wollte sich schon fast die Ohren zuhalten und anfangen 'Lalala' zu singen, aber das wäre womöglich falsch rübergekommen.
"Ich bin wirklich niemand, der sich über Vieles aufregt..."
'Nein, natürlich nicht, nur über Alles...'
"...und ich will auch niemandem etwas Schlechtes nachsagen..."
'Ja klar!'
"...aber dieser Mieter, dieser Kerl, der tut einfach Dinge, die man nicht tut!"
'Wie zum Beispiel dem Hausmeister einen Gehörschaden auf zu labern?'

"Ich sage Ihnen, diesen Schaden werde ich nicht bezahlen, den soll er bezahlen, aber so wie der aussieht, hat der ja eh nichts drauf, so ein Parasit wie der!"

'Oder ein Parasit wie Sie einer sind?'

Mittlerweile waren sie an der Wohnungstür angekommen, doch ehe er den Generalschlüssel ins Schloss steckte, klingelte er nochmals, obwohl auf das zweimalige Klingeln an der Haustür schon keine Reaktion folgte.

"Das können Sie sich sparen Herr Heinzelmeier, der wird wieder betrunken sein. Machen Sie sich schon mal auf einen starken Alkoholgeruch gefasst."

'Ich hab hier schon einen starken Alkoholgeruch in der Nase, aus Ihrer Richtung...'

Als nach einer halben Minute, die ihm durch den Redeschwall von seiner Linken, eher wie eine halbe Stunde vorkam, schob er den Schlüssel ins Schloss und öffnete die Tür.

Entgegen der Warnung roch es ganz
angenehm, Fliederraumspray
schätzungsweise. Es war dunkel, er suchte und
fand den Lichtschalter. Er ließ seinen Blick
durch den Flur schweifen, alle Türen waren
geschlossen.
"Sehen Sie sich gleich das Badezimmer an,
links direkt neben der Küche!"
'Sie haben wohl den Grundriss des Hauses
studiert...'
"So einen Wasserschaden hab ich wirklich
noch nie erlebt, aber bei diesem Kerl wundert
mich gar nichts mehr..."
'Oh man! Wenn du hohle Nuss nicht bald die
Schnauze hältst, wirst du gleich was erleben!
Dann gibt`s hier ne Leiche!'
Herr Heinzelmeier öffnete die Badezimmertür,
noch ehe er etwas sah, hörte er schon
tropfendes Wasser. Nachdem er eingetreten
war, fühlte er unter seinen Sohlen das Wasser.
Auf der Suche nach der Quelle, fand sein Blick
die Badewanne, die bis zum Rand mit Wasser
gefüllt war. Das an sich war schon seltsam
genug, jedoch waren das Paar Füße auf dem
Badewannenrand noch seltsamer. Sie steckten
in Schwimmflossen.

Herrn Heinzelmeier gingen die Augen über,
während sich die Keif-Tussi an ihm vorbei in
das Badezimmer drückte und schon zu einer
neuen Läster-Attacke ansetzte, als sie das
Gleiche sah wie er. Und, oh Wunder, es
verschlug ihr die Sprache!
Jetzt gab es hier wirklich eine Leiche, einen
toten Taucher in der Badewanne...

Max sah den Hausmeister verdattert an.
"Sind Sie in Ihrer Freizeit zufällig
Romanautor?"
"H-hehe, ja, e-ein wenig."
Das Stottern wurde besser, anscheinend
entspannte sich Herr Heinzelmeier langsam.
Nach ein paar weiteren Wortwechseln
verabschiedete sich Max und machte sich auf
den Weg zurück zu seinen Kollegen.
Von ihnen erfuhr er, dass keine weiteren
Befragungen anstanden, da man den
Hausbesitzer nicht erreichen konnte und die
anderen Mieter anscheinend nicht Zuhause
waren, also hatte Max hier nichts mehr zutun.
Er fuhr zurück in sein Büro und schrieb eine
enorm wichtige Notiz an seinen Chef, jedoch
nicht den Fall betreffend, sondern viel
wichtiger, bezüglich des Wassers im Spender...

Kapitel 3

"Bäh!" Dieses Mal musste er in hohem Bogen
ausspucken. Für die Leute um ihn herum
musste es aussehen, als hätte ein Wal Husten.
"Was ist das denn jetzt für eine Plörre?!"
Arni kam auf seinem Stuhl aus seinem Büro
gerollt, bevor Max wieder zu ihm
hereinstürmen würde.
"Paramo's Quellwasser mit Aroma", tönte er
über den Flur.
"Und welches Aroma soll das sein? Gülle?"
"Äh, nein, das müsste Mango sein."
Max sah mit zornesrotem Gesicht in seinen
halbvollen Becher. "Ich werd mich beim Chef
beschweren!"
Keine Minute später stand Max in der Tür von
seinem Chef, natürlich ohne anzuklopfen, der
gerade ein Telefongespräch führte.
"So läuft das hier nicht, ich werde diese Pisse
keinen Tag länger trinken, ist das klar?"
Max' Chef blickte missbilligend auf, sein
Gesicht machte, von der Farbe her, dem von
Max Konkurrenz.

"Entschuldigen Sie mich bitte, Herr
Innenminister, hier ist gerade ein ehemaliger
Mitarbeiter in meinem Büro.
Ich rufe Sie zurück."
Nach einem tiefen Durchatmen stand er auf
und sah Max in die Augen.
"Was fällt Ihnen eigentlich ein, sie Hinterland-
Columbo?!"
"Was fällt Ihnen ein, Schmutzfink?
Das Wasser im Spender ist die reinste Folter!
Haben Sie überhaupt meinen Beschwerdebrief
gelesen?"
Das Rot in Dr. Mutzvinks Gesicht nahm einen
ungesunden, dunklen Farbton an.
"Deswegen stürmen Sie hier rein und machen
mich zum Gespött im Innenministerium?!"
"Haben Sie schon einmal einen Schluck davon
probiert? Oder einen ganzen Becher?
Danach haben ihre Geschmacksnerven
Feierabend, da können Sie sich Ihren Kaviar
und den Schampus nicht mehr schmecken
lassen, das verdammte Wasser tötet Alles ab!"
Dr. Mutzvink hob die Hände resignierend über
den Kopf. "Verpissen Sie sich Schneider!
Ich kann Sie wegen dieser lächerlichen
Geschichte nicht einmal rausschmeißen.

Wenn irgendjemand von der Dienstaufsicht in Ihrer Kündigung diesen Grund liest, hält man entweder Sie oder mich für verrückt!

Hauen Sie einfach ab!"

Max drehte sich um und ging. Auch wenn er keinen Sieg davongetragen hatte im Bezug auf das Wasser, fühlte er sich besser als zuvor. Immerhin hatte er seinen Chef auf die Palme gebracht ohne Konsequenzen fürchten zu müssen, zumindest diesmal.

Dieses Hochgefühl musste für den Rest des Tages ausreichen, während er durstig in seinem Büro sitzen und einen Zwischenbericht über den Fall schreiben würde, bevor er sich mit den nächsten Leuten unterhielt, den Arbeitskollegen und dem Vermieter von dem toten Taucher.

Abgetaucht

Kapitel 4

"Arni, ich brauch ein paar Infos!"
"Sollst du kriegen Max." Arni rollte hinter seinem Schreibtisch hin und her, zog an ein paar Schubladen und hämmerte auf seine Computertastatur ein.
"Was darf es denn sein?"
Max verdrehte die Augen. "Na was wohl? Die Namen und Adressen von den beiden Typen, die mit diesem Lennard Meyer arbeiten und die von Frau Buschikowsky als asozialer Müll bezeichnet wurden."
"Na klar Max, hier" mit diesem Worten reichte er Max einen Zettel.
"Alles klar, wir sehn uns!"
Max machte sich auf, das Büro seines Kollegen zu verlassen, als Arni ihn zurückpfiff.
"Du wirst nur nicht viel Glück haben, wenn du zu denen nach Hause fährst..."
"Und weshalb?"

21

"Die beiden Jungs sind schon da."

"Wieso das denn? Wer hat sie vorladen lassen?"

"Niemand, die Beiden sitzen unten in einer Zelle. Deswegen konnten wir sie gestern auch nicht erreichen."

Wieder sah Max seinen Kumpel und Kollegen mit großen Augen an.

"Wie kommt das denn nun schon wieder? Sind die Beiden schon überführt oder was?"

"Nein, zumindest nicht wegen der Sache mit ihrem toten Taucherfreund, die Jungs sind bekifft auf ein Polizeiauto aufgefahren."

Max rieb sich die Stirn.

"Oh man! Haben wir es denn zur Zeit nur mit Flachzangen zu tun?"

"Möglich, aber warte mit deinem Urteil, bis du sie persönlich kennengelernt hast."

Arni hatte wieder dieses schiefe Grinsen aufgesetzt.

"Danke Kleiner." Max wusste dass Arni diese Anrede nicht ausstehen konnte. 'Aber da muss er von Zeit zu Zeit durch...'

Max machte sich auf den Weg zum Fahrstuhl und fuhr in den Keller. Er hätte die 2 Treppen auch laufen können, aber warum sollte er, wenn es einen Fahrstuhl gab.

Unten angekommen gab es 3 Möglichkeiten weiterzukommen, links Richtung Leichenhalle, geradeaus zum Archiv und nach rechts zu den Zellen und dem Heizungsraum. Als er vor den Zellen stand, bot sich ihm ein vertrauter Anblick. 2 jugendliche Halbstarke, schon weit jenseits der 20, aber optisch Teenies geblieben und meist auch im Schädel nicht wirklich erwachsen.

Die mit Gel verklebten Haare sahen aus, als hätte jemand darauf gespuckt, die grellbunten T-Shirts waren bestimmt seit 2 Wochen nicht in der Wäsche und die Hopper-Hosen hingen sonstwo, nur nicht da, wo sie sein sollten.

"Schönen guten Tag!" Donnerte Max los und seine Worte verfehlten ihre Wirkung nicht. Beide schreckten von ihren Liegen auf und wären beinahe heruntergefallen.

"Ah, guten Tag, Herr, äh, Kommissar!" sagte der Eine.

"Freut uns sehr, Sie... zu sehen!"

"Jaja, gleichfalls...", murmelte Max kurz angebunden. "Ich wollte sie Beide zum Tod ihres Freundes und Arbeitskollegen Lennard Meyer befragen."

Die Beiden tauschten nervöse Blicke.

"Schlimme Sache, echt Alter, ähm, Sir."

"Ja, ganz schlimm, was da dem armen Lenny passiert ist..."

"Da geb ich Ihnen vollkommen Recht, Herr..." Max warf einen suchenden Blick auf seinen Zettel.

"Micky, Herr Polizist, und das ist Ricky." Er deutete auf seinen Zellennachbarn.

Max las die Namen auf dem Zettel, Michael Metzger und Richard Müller. Micky, Ricky und Lenny M. War das nun Zufall oder mussten solche Typen auch noch den Namen von Witzfiguren haben?

"Also, wann haben Sie Ihren Freund und Arbeitskollegen zuletzt gesehen?"

Wieder tauschten die Beiden einen sehr nervösen Blick aus, ehe Micky anfing zu sprechen.

"Ja, also, das muss so vor... 2 oder 3 Tagen gewesen sein..."

"Ja, genau man, 2 bis 3 Tage etwa" pflichtete ihm Ricky bei.

Max machte sich Notizen. "Und was haben Sie da gemacht?"

"Äh" begann Ricky recht verhalten, "ich denke, also zumindest soweit ich mich erinnern kann, haben wir... gelabert.
Ja, waren ein bisschen am Chillen bei Micky."
"Ja, so war`s, genau."
'Wahrscheinlich habt ihr da schon mehr als eine Tüte durchgezogen...'
"Und seit dem Tag habt Ihr nichts mehr von eurem Kumpel gehört, richtig?"
"Ja, genau!" Kam es von Beiden gleichzeitig.
"Und seit wann sitzt ihr hier drinnen?"
"Ja, so seit vorgestern Nacht" antwortete Micky nach kurzem Überlegen.
Nach einigen weiteren Fragen reichte es Max, er hielt diese beiden Vollpfosten nicht länger aus.
"OK, das war es erst einmal. Wir hören uns noch."
"Halt, ich meine, sorry, Herr Kommissar, aber wann kommen wir hier denn wieder raus?", wollte Ricky wissen.
"Keine Ahnung", antwortete ihnen Max im Gehen. Arni hatte ihm auf dem Zettel notiert, dass sie nach der Erstbefragung freigelassen werden.

Max hatte keine Zeit, sich von diesen Beiden zu erholen. Es stand schon die nächste Befragung an, mit dem Vermieter von Lennard Meyer, der jetzt im Mietshaus war, wo die Leiche gefunden wurde und sich ein Bild von dem Wasserschaden machte.

Das stand alles feinsäuberlich auf einer Nachricht an Max' Tür, Arni liebte es, Informationen nicht verbal, sondern per Zettel und Stift weiterzugeben...

Max war schon fast zur Türe raus, als ihm einfiel, dass er noch schnell jemanden ärgern musste. Also ging er nochmals nach unten, diesmal über die Treppe, und auf direktem Weg in die Gerichtsmedizin.

"Na Doc, wie stirbt es sich hier unten?"

"Hallo Max", gab ihm der Gerichtsmediziner zurück. "Genauso gut wie eh und je.

Lass mich raten, warum du hier bist...". Der Gerichtsmediziner nahm seine Brille ab und sah Max direkt an.

"Du willst mich mal wieder hetzen, mir Informationen heraus leiern bevor mein Bericht fertig ist, damit du mit halben Fakten wieder auf den Busch klopfen kannst, nicht wahr?" Ein leichtes Lächeln umspielte seine Mundwinkel.

Max tat überrascht. "Bin ich wirklich so leicht durchschaubar?"

"Sowas von. Also, willst du was Spezielles wissen, oder soll ich einfach losplappern?"

"Tust du das nicht sowieso?"

"Du verwechselst dich mit mir."

"Aja, stimmt. Also, was haben wir?"

"Er ist ertrunken."

"Tolle Info. War das nicht von Anfang an klar?"

"Nicht wirklich. Ich kann mich an einen Fall erinnern, da wurde ein älterer Mann in der Badewanne gefunden, der...".

Max verdrehte die Augen, als der Doc wieder eine seiner Geschichten ausbreitete. Er bemühte sich, nur mit einem Ohr zu zuhören. "...und dann ist er mit dem Kopf gegen die Armatur geschlagen und war tot, bevor er in die Badewanne fiel."

Max schreckte fast auf, als der Arzt aufhörte zu reden. "Äh, ja, wirklich eine tolle Geschichte. Aber unser Mann hier ist also tatsächlich ertrunken, sagst du. Auch in dieser Badewanne?"

"Das heraus zu finden ist an dir Max. Aber was mir noch aufgefallen ist.

Das Wasser war stark verunreinigt, nicht so, dass es gesundheitsschädlich sein sollte, aber genug, dass das Wasserwirtschaftsamt, die Gemeinde und sämtliche andere Bürokraten in Deutschland dem Vermieter die Hölle heißmachen werden, wenn sie davon erfahren. Offenbar sind die Leitungen in dem Haus extrem alt und sanierungsbedürftig.

 Du kennst das wahrscheinlich, wenn man einmal das Wasser abgestellt hat und es wieder aufdreht. Aus der Leitung kommt erst einmal eine sehr ansehnliche orange-braune Brühe."

"Ja, das kenne ich, so haben wir früher in meiner Familie Eistee gemacht."

Der Doc hätte fast laut aufgelacht.

Max erkundigte sich noch nach irgendwelchen anderen Verletzungen, was der Doc verneinte.

Die Frage nach Drogen oder Betäubungsmitteln tat er mit einem "Das Labor ist wie wir unterbesetzt" ab.

"Also dann, danke für die Infos Doc, ich mach mal los."

"Mach`s gut Max! Sobald mein Bericht fertig ist, liegt er auf deinem Schreibtisch."

Kaum stand er wieder vor dem Haus, holten Max seine Kindheitserinnerungen wieder ein und er fragte sich, ob der Vermieter hier auch so ein alter Depp war wie früher bei ihm und seiner Mutter.

Die Haustür war verschlossen, also wollte Max beim Hausmeister klingeln, doch da wurde die Tür schon aufgerissen.
"Ah, guten Tag, Sie müssen der Kommissar sein! Kommen sie doch rein! Ich bin der Vermieter, Klaus Ebert, freut mich!" Er streckte Max eine haarige Pranke hin.
"Kommissar Max Schneider, freut mich", drückte Max hervor.
"Kommen Sie, unterhalten wir uns, ich bin sicher, wir können das schnellstens klären, Sie wirken ja wie ein sehr kompetenter Mann!"
'Ah, ein Schleimer...'
"Ich bin bekannt dafür, sehr umgänglich zu sein, wir werden sicher keine Probleme miteinander haben!"
'Da wäre ich mir nicht so sicher...'
Max folgte dem Vermieter und musterte ihn dabei. Schwarzer geschniegelter Anzug, Brille und nach hinten gekämmte Haare.

Er sah aus wie ein hässlicherer Karl Theodor zu Guttenberg. Der Vermieter erinnerte ihn unweigerlich an seinen Chef.

Oben bei der Wohnung des Opfers angekommen, sah Max das zerstörte Polizeisiegel an der Tür. "Waren Sie schon in der Wohnung?"

"Ja, natürlich, ich musste mir ja ein Bild des Schadens verschaffen."

"Ein Polizeisiegel darf nicht von Zivilpersonen entfernt oder beschädigt werden, auch nicht vom Hauseigentümer." Max' sachliche Beamtenstimme schien Herrn Ebert nicht zu gefallen.

"Aber Ihre Kollegen wussten doch, dass ich hier...", Max unterbrach ihn.

Meine Kollegen haben Ihnen gesagt, dass Sie den Schaden in der Wohnung darunter begutachten können und dass ich dazu komme, sobald wir diese Wohnung hier in Augenschein nehmen können." Sachlichkeit war eigentlich nicht Max' Stärke, aber im Moment machte es ihm Spaß.

Herr Ebert schien innerlich mit sich zu ringen, ob es klug war, wegen eines gebrochenen Polizeisiegels einen Streit vom Zaun zu brechen und entscheid sich dagegen. "Dann war das wohl ein kleines... Missverständnis, nichts für Ungut Herr Kommissar.

" Das schiefe Schleimergrinsen hätte Max diesem Kerl nur zu gern aus dem Gesicht gewischt...

Sie gingen gemeinsam in die Wohnung und sahen sich das Bad an. Ebert konnte nicht anders und musste immer wieder davon reden, was das Alles kosten würde.

Als er genug gejammert hatte, fragte ihn Max nach dem Verstorbenen Lennard Meyer.

"Nun ja, er war, wenn man so sagen will, nicht gerade vorbildlich. Er hatte keine gute Auffassung vom Leben, wie es scheint und Pflichten interessierten ihn auch nicht besonders, soweit ich gehört habe.

Von wegen Straße kehren, Schnee schieben und Treppenhaus wischen. Aber es ist ja auch die Sache des Hausmeisters, nicht meine, sich darum zu kümmern, dass die Mieter ihre Pflichten erfüllen. Herr Heinzelmeier scheint das etwas zu lasch zu handhaben."

Jetzt wollte dieser Kerl also auf dem Hausmeister rumhacken, die einzige Person in diesem Haus, die Max nicht vollkommen unsympathisch war, auch, wenn das Gestottere nervtötend war. Max erkundigte sich nach den anderen beiden Wohnungen.

"Ja, also Herr Üzgül aus dem ersten Stock ist im Urlaub in der Türkei.

Und die Wohnung hier gegenüber..., steht seit einer Weile leer." Herr Ebert hatte einen Moment gezögert.

"Und weshalb?", wollte Max wissen.

"Naja, wissen Sie, es ist nicht leicht, gute Mieter zu finden."

"Hm, verstehe." Max sah sich um.

"Bestimmt genauso schwierig, wie eine gute Wohnung."

"Ja, da haben Sie sicher Recht." Ebert lächelte. 'Der Idiot hat den Seitenhieb nicht einmal bemerkt...'

Es wurden noch einige Fragen gestellt, unter anderem wo sich Herr Ebert in der Nacht des Mordes befand. Er war laut seiner Aussage Zuhause im Bett, seine Frau könnte das bestätigen, auch, wenn sie geschlafen hatte. Die Frage, wie das gehen sollte, obwohl sie geschlafen hatte, verkniff sich Max.

Er verabschiedete sich und wollte gerade die Treppe nehmen, als ihm etwas einfiel.

"Achja, Herr Ebert, Sie sollten einmal die Wasserleitungen in diesem Gebäude checken lassen."

Der Vermieter sah ihn irritiert an. "Warum dass denn?"

"Nur so ein Gefühl. Nicht, dass Sie noch Ärger kriegen", sagte Max mit einem spitzbübischen Lächeln.

Wieder im Polizeirevier angekommen, sah Max seine Notizen durch, unter Anderem den Roman von Herrn Heinzelmeier.

'Der ganze Mist bringt mich kein Stück weiter...'. Das Einzige, was wirklich klar war, ist, dass die Beiden Kiffer-Kumpels von Lennard Meyer etwas verbargen. Aber einen Mord traute er diesen Idioten nicht einmal im Ansatz zu. Außerdem war immer noch nicht klar, ob es sich überhaupt um Mord handelte.

"Hey Max! Na, was macht der Fall?" Arni kam ihm gerade Recht.

"Der macht nichts Anständiges, nur Arschlöcher soweit das Auge reicht, abgesehen vom Hausmeister. Keiner konnte den Kerl wirklich leiden, aber es gibt auch keinerlei Anhaltspunkte, dass er ermordet wurde.

Laut dem Doc, keine Verletzungen.

Das toxikologische Gutachten dauert noch und wir können wohl nichts weiter tun, als darauf zu warten."

"Na, das ist doch genau das, was du gerne tust, Max. Auf dem Hintern sitzen und nichts tun." Arni grinste ihn an. "Da fällt mir ein, der Chef hat mir gesagt, er wartet immer noch auf den Abschlussbericht über den Bankräuber, den du letzten Monat geschnappt hast. Wenn du nichts Anderes zu tun hast, kümmere dich doch darum."Max verzog das Gesicht.

"Verdammt, ich habe gesagt, ich schreibe keinen verdammten Bericht, bis ich seine Komplizen gefunden habe!"

"Und Dr. Mutzvink ist sich sicher, dass er allein gehandelt hat."

"Nie im Leben, aber das kriege ich schon noch heraus . Aber nicht heute, jetzt will ich mich erst entspannen...".

"Wie du meinst, Max. Achja, ich habe hier noch die Daten von dem Chef von Micky, Ricky und Lenny, willst du dich mit dem noch befassen?"

"Wieso sollte ich? Der Chef von denen geht mir am Arsch vorbei." Max streckte sich und legte die Füße auf den Schreibtisch.

"Wer ist der Chef von denen überhaupt?"

"Paramo", antwortete Arni trocken. Max wäre fast rückwärts vom Stuhl gefallen.

"WER?!"

"Frank Paramo, Geschäftsführer und Eigentümer von 'Paramos Wasserparadies", sagte Arni mit einem Grinsen.

Max' Miene versteinerte. "Lade mir diesen Kerl vor."

"Und weswegen?"

"Ist mir scheißegal. Von mir aus wegen dem Mord an Kennedy, Elvis und Barschel, ich will, dass dieser Kerl hier in einer Zelle landet!"

Max saß, wie auf heißen Kohlen, während er darauf wartete, dass Paramo endlich auftauchte. Um sich die Zeit zu vertreiben, hatte er sich von Arni breitschlagen lassen, noch einmal den Bankräuber "Roy" zu verhören. So saß er nun in einem der drei Verhörräume diesem Kerl gegenüber, der sich seit seiner Inhaftierung vor gut zwei Wochen durch beherztes Schweigen auszeichnete.

Max sah dem Kerl ins Gesicht, er hatte sich einen halbherzigen Schnauzbart stehen lassen, was sein verbeultes Gesicht zwar nicht hübscher, aber zumindest auch nicht hässlicher machte.

"Also Roy, wollen wir von Vorne anfangen?" Von Wollen konnte bei Max zwar nicht die Rede sein, aber irgendetwas musste er ja sagen, um die Zeit herumzukriegen.

"Wir Beide wissen, dass du die Banken nicht alleine ausgeräumt hast, jemand hat dir die Pläne der Gebäude besorgt und jemand wird auch den Fluchtwagen gefahren haben, während du dein Alibi besorgt hast. Und wir haben in deiner Hütte nur die Kohle vom letzten Raub gefunden, also muss jemand den Schotter für dich verstecken."

Roy blickte gelangweilt zur Decke. "Warum glauben Sie mir eigentlich nicht, dass ich die Kohle verbuddelt habe und mich einfach nicht erinnern kann, wo."

"Weil du nicht so bescheuert bist, dass wissen wir auch Beide. Du hast von Anfang an so einfältig getan, wolltest den Eindruck vermitteln, dass du nicht bis drei Zählen kannst, aber mich legst du nicht rein.
Du hast alles geplant, auch, wie du uns auf die falsche Fährte führst, aber wir haben dich trotzdem erwischt." 'Genauer gesagt, ich habe dich erwischt.'

"Danke, dass Sie mir eine große Begabung für solcherlei Pläne zutrauen, aber Sie ehren mich zu sehr, Herr Kommissar." Diese ruhige Stimme trieb Max fast zur Weißglut.

Max überlegte, wie er ihm Eins Reinwürgen konnte, als es an der Tür klopfte. "Ja?"

Arni steckte den Kopf in den Raum. "Max, dein Besuch ist da." 'Na endlich!'

"Also Roy, letzte Chance vertan, einer deiner Komplizen ist da und will auspacken. Die Hafterleichterungen und die Haftverkürzung hat er sich jetzt verdient." Er setzte ein gespieltes Triumph-Lächeln auf.

Für einen Augenblick sah Max ein Zucken in Roy's linkem Auge, ehe er wieder ganz ruhig sagte: "Na, dann können Sie ja zufrieden sein. Machen Sie's gut Herr Kommissar."

'Mist... Aber er wird wenigstens nervös.' Max verließ das Verhörzimmer und folgte Arni.

"Wo sitzt der Arsch von Paramo?"
"In deinem Büro."
"Warum das denn?", blaffte Max seinen Kollegen an. "Ich habe gesagt, du solltst..."
"Jaja, ich weiß, ihn wegen dem Mord an Kennedy, Elvis und Barschel einbuchten, nur dumm, dass Elvis nicht ermordet wurde."
"Jaja, ich weiß, Elvis lebt." Max rieb sich die Schläfen, kurz bevor er in sein Büro eintrat. Paramo wandte den Kopf. Als er Max sah, fletschte er seine riesigen weißen Zähne.
"Max, na wie geht`s dir?" Er wollte aufspringen, doch Max bedeutete ihm, sitzen zu bleiben.
"Hallo Frank. Geht soweit."
"Ja, das sieht man. Hast dich ja ganz schön gehen lassen seit unserer Zeit im Sportverein." Ein unverschämtes Grinsen begleitete seine Beleidigung.
"Kommen wir zur Sache. Wir haben hier einen Toten, der bei dir gearbeitet hat."
"Aha und was geht mich das an?"
"Seine zwei besten Kumpels arbeiten auch bei dir."
"Ja und was willst du damit sagen?"
Paramo wurde langsam ungeduldig.

'Ja, was will ich eigentlich damit sagen? Ich will dich wegen irgendetwas einbuchten, du Penner!' "Herr Paramo", Max versuchte es auf die förmliche Art. "Der Tote hat bei Ihnen gearbeitet, seine besten Freunde ebenfalls, wir vermuten ein Gewaltverbrechen und Sie sind als Arbeitgeber eine wichtige Informationsquelle."

"Und für welche Art Informationen?"

"Zum Beispiel, ob Sie irgendeine Art von Streit mitbekommen haben zwischen den Dreien oder mit anderen Angestellten."

Paramo dachte kurz nach. "Nein, nichts dergleichen. Bei uns im Betrieb wird Harmonie groß geschrieben."

'Ja, sicher...' "Haben Sie sonst etwas mitbekommen, was Ihnen komisch vorkam, wenn auch erst im Nachhinein?"

"Nein, obwohl..."

"Ja, reden Sie nur weiter." Max wurde neugierig.

"Neulich, also vor etwa einer Woche, vielleicht vor 10 Tagen, da haben sich die Drei unterhalten. Als ich an ihnen vorbei ging, wurden sie plötzlich ganz still, als ob niemand etwas von dem Gespräch mitbekommen sollte. Ich habe nur ein paar Bruchstücke mitbekommen, es ging wohl um eine Silvia, einen Haufen Geld und...

... ich glaube, ein Schwein."

"Ein Schwein?"

"Ja, sowas in die Richtung, ich hab`s nicht mehr genau im Kopf."

Max tippte mit seinem Kugelschreiber auf seinen Notizblock. "Sonst noch etwas?"

"Nein, sonst fällt mir nichts mehr ein."

Max senkte resigniert den Kopf.

"Gut, dann können Sie gehen, Herr Paramo. Aber halten Sie sich zu unserer Verfügung." Und nach einer kurzen Pause: "Achja, ich würde mir demnächst gerne einmal Ihre Fabrik ansehen."

"Warum das bitte?"

"Nur, um das Umfeld des Toten besser kennenzulernen. Außerdem hatte er doch einen Spind oder Schrank bei Ihnen in der Firma, schätze ich einmal, den wir uns ansehen müssen."

"Nun gut, wenn`s denn sein muss, dann melde dich morgen einfach bei mir, ich bin von 9 Uhr an in der Firma, bis etwa um 3 Uhr."

'Ein 6-Stunden-Tag? Toll, wenn man der Chef ist...' "Gut, ich werde mich morgen bei Ihnen melden, einen schönen Tag noch, Herr Paramo." Moment, er hätte fast das Wichtigste vergessen. "Übrigens, dieses Wasser mit dem Sie uns beliefern..."

"Ah, ist Ihnen schon aufgefallen, dass der Geschmack nun etwas ausgefallener ist!" Ein selbstzufriedenes Lächeln.

'Ausgefallen ist wohl das richtige Wort...'

"Dieses Wasser mit Fruchtaroma..."

"Ja, das ist unser Verkaufsschlager!"

"Mir schlägt es eher auf die Geschmacksnerven."

Paramo blickte Max ungläubig an. "Ach, wirklich?" Das klang ungläubig und arrogant zugleich. "Nun, ich bin sicher, wir finden noch den passenden Geschmack für dich. Es gibt eben Leute, die sind Neuem gegenüber nicht so aufgeschlossen. Soweit ich es im Kopf habe, bekommt das Polizeirevier eine neue Lieferung, ich werde Bescheid sagen, dass sie für dich eine klassischere Wassersorte mitbringen." Ein gönnerhaftes Grinsen folgte diesem Satz.

'Ich bin mal gespannt...'

Frank verabschiedete sich, während Max auf seinen Notizblock starrte. 'Silvia, ein Haufen Geld, ein Schwein? Wohin führt dieser Mist bloß noch?'

Abgetaucht

Kapitel 5

Ängstlich kauerte er hinter der Tür. Ein starkes Gefühl von Furcht hatte ihn ergriffen, da er wusste, welcher Weg ihm bevorstand. Seine zitternden Hände gehorchtem ihm fast nicht mehr, als er mit der rechten Hand den Türgriff nach unten drückte, während seine linke Hand den Becher hielt. Er machte einen unsicheren Schritt nach dem Anderen, ehe er nach wenigen Metern an der Quelle seiner Angst stand.

Der Inhalt des Wasserspenders sah aus wie immer. Aber das war eine trügerische Sicherheit, da die Farbe noch nichts über den Geschmack aussagte, es sei denn, es wäre grün oder violett...

Er führte seine zitternde, rechte Hand zum Ventil, während er mit der Anderen den Becher unter den Hahn hielt. Er lauschte, wie das Wasser hineinfloss. Der Wasserspender machte das altbekannte, gluckernde Geräusch, während sich der Becher langsam mit der klaren Flüssigkeit füllte.

Nachdem sein Trinkbehälter knapp zur Hälfte gefüllt war, führte er ihn zu seinem Gesicht.

Ein letzter, prüfender Blick und ein Riechtest,
es schien alles in Ordnung. Mit leichter
Hoffnung, aber noch mehr Vorbehalten, setzte
er den Becher an die Lippen und trank...
"Würg! Das darf doch nicht wahr sein!"
Dieses Mal musste er sich fast übergeben.
Der Arbeitstag begann noch schlimmer, als die
beiden Vergangenen.
Ehe er wieder lautstark fragen konnte, tippte
ihm Arni auf die Schulter. "Paramo's
natürliches Tafelwasser, 'garantiert ohne
schädliche Zusätze'!"
"Ja, klar! Ohne Zusatz von gutem Geschmack,
natürlich aus der Jauche-Grube!"
"Guten Morgen die Herren!" Dieser
freundliche Gruß kam Max gerade Recht, er
schleuderte seinen Becher mit voller Wucht
direkt in die Laufbahn von Dr. Mutzvink, dem
das Wasser auf die edlen Schuhe und die
maßgeschneiderte Hose spritzte.
Max hatte zwar schon davon gehört, dass es
Menschen gab, die so wütend werden konnten,
dass sie kein Wort herausbrachten, hatte das
aber immer für Gerüchte gehalten.

Doch in diesem Moment schien er Zeuge eines
solchen Schauspiels zu werden.

Dr. Mutzvink starrte auf seine Schuhe, dann wanderte sein Blick langsam nach oben in Richtung Max. Der Ausdruck in seinem Gesicht war irgendetwas zwischen Überraschung und purem Hass.

Da er sich aber offenbar nicht entscheiden konnte, zu was er tendieren sollte, blieb er einfach so stehen und starrte Max eine gefühlte Ewigkeit an.

Nach einer Weile, die Arni wie eine Ewigkeit vorgekommen sein musste, fing Dr. Mutzvink langsam und mit größtmöglicher Beherrschung an zu sprechen.

"Es reicht mir jetzt endgültig mit Ihnen, Schneider!" Es war nur etwas mehr als ein Flüstern, aber die Alternative wäre wohl lautstarkes Brüllen gewesen. "Ende der Woche haben Sie die Kündigung in Ihrem Briefkasten. Fangen Sie gleich an, Ihren Schreibtisch auszuräumen. Damit werden Sie mindestens 3 Tage beschäftigt sein und kommen Sie mir bis dahin nicht mehr unter die Augen!" Er drehte ab in Richtung seines Büros und knallte die Tür hinter sich zu.

"Scheiße Alter, was willst du jetzt machen?"

"Irgendwo anfangen, wo es anständiges Wasser gibt."

Nachdem Max noch ein paar Worte mit Arni gewechselt hatte, ging er in sein Büro und `oh Wunder`, der Laborbericht war fertig und lag auf seinem Schreibtisch. 'So etwas Trockenes ohne Wasser durchzulesen ist echt beschissen', dachte er sich, aber es musste wohl sein.
Er schlug den Ordner auf und las sich ein. Stark verunreinigtes Wasser, mit Edelstahlabrieb, Bakterien und Pilzen...'.
Mein Gott, ein Glück, dass ich dieses Wasser nicht trinken musste! Obwohl... Schlechter als das, von Paramo kann es auch nicht schmecken...'. Max las weiter, es waren noch ein halbes Dutzend weiterer Dinge im Wasser gefunden worden, die da nichts zu suchen hatten, laut Labor. Doch eine Sache machte Max stutzig, Fruchtzucker. 'Wie kommt bitte Fruchtzucker in eine Wasserleitung? Dieser verdammte Fall wirft immer mehr Fragen auf und die Antworten sind sonstwo, nur nicht hier in der Nähe...'
Gerade als sich Max' Laune einem neuen Tiefpunkt näherte, klopfte es an der Tür. Keine Sekunde nachdem Max "Herein" gesagt hatte, wurde die Tür schon aufgerissen und ein wutentbrannter Klaus Ebert trat hindurch.
"Sie... Mistkerl!", giftete er Max an.
"Keine sehr freundliche Begrüßung. Was kann ich für Sie tun?"

"Was Sie tun können? Fahren Sie zur Hölle!"

"Aha und weswegen sollte ich das tun?"

"Wegen Ihrem tollen Vorschlag, dass ich die Wasserleitungen ansehen lassen sollte! Ich habe heute Morgen einen Klempner da gehabt, der mich beim Wasserwirtschaftsamt anzeigen will! Die Wasserleitungen sind angeblich stark korrodiert, überall verrostet und stellenweise undicht, dazu ist das Wasser keimbefallen und mit Blei versetzt! Ich soll sämtliche Wasserleitungen erneuern lassen, was ein schlechter Witz ist, das Haus ist noch keine 50 Jahre alt!"

"Im Gegensatz zu Ihnen, nicht wahr?"

"Hören Sie auf mit Ihren dämlichen Scherzen, Sie Witzfigur! Das ist alles Ihre Schuld!"

"In erster Linie, Herr Ebert, sind Sie an allem Schuld! Wenn Sie Ihr Mietshaus verfallen lassen, kann dafür niemand etwas, außer eben Sie selbst!"

"Aber nur wegen Ihnen habe ich jetzt das Wasserwirtschaftsamt am Hals! Diese Grenzwerte und Richtlinien sind doch ein schlechter Witz!"

"Nein, Sie sind der schlechte Witz. Und jetzt hauen Sie ab, sonst haben Sie gleich noch eine Anzeige am Hals, wegen Beamtenbeleidigung. Raus!"

Herr Ebert wusste wohl nicht so recht, was der darauf erwidern sollte, aber die Furcht vor einer weiteren Anzeige trieb ihn ohne ein weiteres Wort aus dem Büro.

Die Stimmung von Max hatte sich aufgehellt, es erfüllte ihn immer mit Freude, wenn so ein Arschloch seine gerechte Strafe bekam. Leider brachte ihn das in seinem Fall kein Stück weiter.

Jetzt musste er sich wohl noch einmal mit den zwei Kiffer-Kumpels von Lennard Meyer treffen, er wollte wenigstens in Erfahrung bringen, was es mit dieser Silvia, dem Geld und dem Schwein auf sich hatte.

46

Abgetaucht

Kapitel 6

Er war angekommen, bei seiner Nemesis, seinem bislang größten und gefährlichsten Gegner. Noch wusste er nicht, wie er Diesen besiegen sollte, er wusste nur, er musste triumphieren, sonst wäre sein Leben verwirkt...

Max öffnete das Firmentor von "Paramos Wasserparadies", das ihm Einlass gewährte auf einen ziemlich unansehnlichen Hof, auf dem Wasserkisten hier und da standen. Eine offene Lagerhalle zu seiner Rechten und sechs, etwa 15 Meter hohe, silberfarbene Wassertanks zu seiner Linken. 'Hier wird also diese Dreckbrühe angerührt...'.

Max sah sich suchend um. 'Wo zum Teufel sind nun die Büros?' Er ging einige Meter weiter, bis er auf der Höhe der Wassertanks war. Da erblickte er endlich ein schmuckloses Gebäude hinter den silbernen Ungetümen. 'Sieht so aus, als hat diese Firma eine lange Tradition. Dem Haupthaus nach zu urteilen mindestens 150 Jahre.´

Max atmete nochmals tief durch, bevor er die Tür durchschritt. Der innere Anblick war eine Fortführung der Außenansicht, die Zeit war nicht spurlos an der Einrichtung und den Tapeten vorbeigegangen. Er ging den finsteren, vergilbten Flur entlang, bis er vor einer Tür mit der Aufschrift "Büro" ankam. Max überlegte, ob er anklopfen sollte, trat aber einfach ein. Paramo saß hinter seinem Schreibtisch und blätterte in einem Heft, das nur unter der Ladentheke verkauft werden durfte. Als er Max erblickte, zuckte er zusammen.

"Verdammt!" Er schob das Heft schnell unter einen Stapel Papiere, die wirr auf dem Schreibtisch verteilt waren. "Ich kann mich nicht erinnern 'Herein' gesagt zu haben." Er sah Max missbilligend an.

"Machen Sie sich keine Gedanken, ich lege keinen großen Wert auf solche Floskeln." Max setzte sich ohne Aufforderung gegenüber von Paramo an den Schreibtisch. "Also, ich möchte den Schlüssel zu Meyers Spind und eine Wegbeschreibung, wie ich dahin komme. Außerdem wollte ich wissen, ob seine beiden Kumpels heute arbeiten, Zuhause waren sie nicht anzutreffen."

Der Befehlston von Max schien Paramo sauer aufzustoßen, er hielt seine Antworten einsilbig und schien erleichtert, als Max endlich aus seinem Büro verschwand.

Max ging weiter durch dieses Gebäude, was wie eine schlechte Parodie auf eine Firmenzentrale wirkte, bis er in einer Halle ankam, die zur Abfüllung diente. Rechts neben der Tür befanden sich ein halbes Dutzend giftgrüne, verbeulte Spinde, die von 1 bis 6 durchnummeriert waren. Von Paramo wusste Max, dass der von Meyer Nummer 6 war. Der Schlüssel kratzte im Schloss, ehe sich die Spindtür quietschend öffnete. Max warf einen Blick auf eine grüne Latzhose mit dem Firmennamen, ein Paar abgewetzte Arbeitsstiefel in schwarz und ein weißes T-Shirt. 'Nicht gerade viele neue Hinweise', dachte sich Max. Er untersuchte die Taschen der Latzhose, wobei ein gefalteter Zettel zum Vorschein kam, den er stirnrunzelnd las.
Mo Mi Fr ca. 11
Max wurde langsam sauer. 'Noch mehr Hinweise, die keinen Sinn ergeben und ins Nichts führen, verdammt nochmal!'
Ehe er den Spind wieder schloss, begutachtete er noch die Stiefel. Und, Jackpot!

49

Er zog ein Zipp-Tütchen heraus, das etwa zur Hälfte gefüllt war.

"Bestimmt eine sehr ausgefallene Teesorte...", murmelte Max zu sich selbst mit einem Lächeln. Das mussten gut und gerne 30 Gramm sein, wenn nicht mehr.

Max steckte den Zettel und das Tütchen weg und besah den zweiten Stiefel. Und wieder ein Volltreffer. Max beförderte eine Geldscheinrolle zutage, die von einem Gummiband zusammengehalten wurde. Fünfziger und Hunderter, schätzungsweise mehrere Tausend Euro.

'Wenigstens ein Teilerfolg.'

Mehr war hier wohl nicht zu finden, jetzt musste er noch das Gespräch mit den beiden Intelligenzbestien führen, vielleicht ergab das ja noch etwas.

Er sah sich suchend um und erblickte die Beiden, nach wenigen Sekunden, an einem offenen Rolltor beim Rauchen.

"Guten Tag, die Herren!", donnerte Max den Beiden von hinten entgegen. Beide zuckten erschrocken zusammen und fuhren herum. Als sie ihn erkannten, warfen sie blitzschnell ihre Glimmstängel weg und setzten Unschuldsmienen auf. Max hatte den süßlichen Duft natürlich wahrgenommen.

"Herr Kommissar", begann Micky verhalten, "Was führt... Sie denn hierher?"

"Drogenrazia", entgegnete Max trocken und mit gespielt ernstem Blick, woraufhin er von Beiden schockiert angestarrt wurde.

"Herr Kommissar, wir können das erklären! Es ist ja so, seit einigen Jahren ist es in Deutschland ja erlaubt, also aus medizinischen Gründen, solche Substanzen zu... konsumieren... deswegen...". Max hob die Hand und stoppte Micky's Redeschwall.

"Keine Ausflüchte, die Sache ist eindeutig." Max ließ die Worte einen Moment wirken, um dann hinzuzufügen: "Allerdings könnte ich über einige Dinge hinwegsehen, wenn ihr mir weiterhelft...".

Micky und Ricky sahen sich kurz an, ehe Ricky wieder anfing. "Also, da hat sich Lenny immer drum gekümmert, also wenn Sie Namen wollen, da können...", Max hob erneut die Hand.

"Ich will von euch wissen, was ihr Drei vor etwa einer Woche besprochen habt."

"Äh... was meinen Sie genau?", Micky war irritiert.

"Silvia, Haufen Geld, ein Schwein, klingelt es?" Die Mienen der Beiden hellten sich auf.

"Achso, ja, natürlich! Was wollen Sie genau wissen?"

"Worum ging es bei diesem Gespräch genau?"

"Ja, also, wir haben darüber geredet, dass wir Kohle brauchen, weil wir eine neue Lieferung... äh, also die konnten wir uns nicht leisten, weil ja alles teurer wird und gute Qualität kostet halt auch. Und Lenny meinte immer, man darf nur hohe Qualität kaufen, weil von minderwertigem Stoff leidet ja das Gehirn."

'Ob da noch viel übrig ist, was leiden könnte?'

"Weiter."

Diesmal stieg Ricky ein. "Ja, also wir haben eben zu Lenny gesagt, dass wir Kohle auftreiben müssen. Da hat er gemeint, dass er gerade dabei ist Geld zu beschaffen, weil diese Silvia, durch die kommt er an einen Haufen Geld, hat er gemeint."

"Und was hat es mit dem Schwein auf sich?"

"Lenny hat gemeint, 'dank der Silvia krieg ich von dem Eber nen Haufen Geld'. Ich hab dann gefragt 'Wie, von einem Schwein?' und er meinte 'Ja, ein Schwein ist der auch!'."

Max dachte nach und es kam ihm eine Idee. "Hat er sicher Eber gesagt, oder vielleicht Ebert?"

"Ja, stimmt, genau!", sagten Beide wie aus einem Mund.

Jetzt kam doch ein wenig Licht ins Dunkel.
"Und hat er auch erwähnt, um wie viel Geld es
geht?"
"Er hat nur gemeint, ein paar Tausender
kommen dabei schon rum." Micky sah Max
freudig an, offenbar deutete er Max`
zufriedene Miene als Erfolg und das zu Recht.
Max war in wesentlich besserer Stimmung, als
noch vor wenigen Minuten. Er war sich sicher,
der Lösung des Falles ein ganzes Stück näher
gekommen zu sein. Vielleicht würde er es
sogar noch schaffen, bevor er seine Sachen
packen und sich einen neuen Job suchen
müsste.

Abgetaucht

Kapitel 7

Es war dunkel in der Wohnung, aber das musste so sein, um keine Aufmerksamkeit zu erregen. Es wurde zunehmend langweilig, kein TV, kein Radio, nicht einmal in einem Buch oder einer Zeitschrift blättern. Das Einzige, was einem die Zeit vertrieb war sein Smartphone, dessen Akku aber langsam schwächelte. Es hatte sich schon in den Energiesparmodus geschalten und leuchtete nicht mehr sehr kräftig. Er steckte es, nach einem kurzen Blick auf die Uhrzeit, weg. Es war kurz vor 23 Uhr. Er ging so leise wie möglich zur Wohnungstür und spähte durch den Spion; noch nichts zu sehen.
'Hoffentlich ist der Kerl pünktlich', ging es ihm durch den Kopf. Aber seine Hoffnung darauf war sehr gering.
Sein Blick schweifte durch den düsteren Flur. Die einzige Lichtquelle war der Mondschein, der sich seinen Weg durch das Badezimmerfenster und die Tür hierher bahnte.

Die Minuten vergingen sehr langsam, doch irgendwann, nach einer gefühlten Ewigkeit, hörte er Schritte im Treppenhaus. Zwar bemüht leise, doch in einer stillen Wohnung, direkt an der Tür, hörte man es klar und deutlich. Ein Blick durch den Spion bestätigte seine Vermutung, zwei Paar Füße verursachten die Geräusche. Ein Schlüssel wurde hastig in das Schloss der Tür gegenüber gesteckt und herumgedreht. Kein Licht, offenbar wollte man nicht gesehen werden. Die Tür wurde geschlossen und der Schlüssel auf der anderen Seite umgedreht. 'So, warten wir noch einen Moment...' Etwa 2 Minuten später öffnete er die Tür und ging leise an die andere Wohnungstür. Nach einem kurzen Lauschen, das eindeutige Geräusche belegte, klopfte er dreimal fest an die Tür.

"Öffnen Sie bitte! Polizei!" In der Wohnung war Tumult zu vernehmen, offenbar hatte man nicht mit einer Störung gerechnet. Als einige Sekunden nichts geschah, hämmerte Max erneut gegen die Tür. "Machen Sie auf, oder ich trete die Tür ein!" Obwohl Max bezweifelte, dass er wirklich dazu in der Lage wäre, selbst bei einer so alten und klapprigen Tür wie dieser, zeigte es offenbar Wirkung. Die Tür wurde aufgeschlossen und zaghaft geöffnet.

Das Gesicht von einem verstörten Herrn Ebert zeigte sich im Türspalt.

"Herr Kommissar... was, ich meine, was wollen Sie hier? Um diese Zeit?" Er klang unsicher.

"Das Gleiche könnte ich Sie fragen, Herr Ebert. Soweit ich weiß, steht diese Wohnung hier leer."

"Äh, ja, natürlich! Aber gerade deswegen muss man ja ab und an mal nachsehen, ob noch alles in Ordnung ist."

"Sie sind zu Zweit in diese Wohnung gegangen."

"Ja... äh, natürlich... ich habe... eine Innenarchitektin hier, da jetzt diese und die andere Wohnung leer stehen, habe ich mir gedacht, beide Wohnungen zusammenzulegen und eine große, schöne Familienwohnung daraus zu machen!" Ein schiefes Lächeln sollte wohl Glaubwürdigkeit vermitteln.

"Öffnen Sie die Tür ganz, Herr Ebert."

Zaghaft kam Herr Ebert der Aufforderung nach. Ebert war nur mit Boxershorts und einem Feinrippunterhemd bekleidet, der Rest seines Körpers schien ähnlich behaart wie seine Hände. Max sah an Ebert vorbei. Hinter ihm in der Tür, die anscheinend zum Schlafzimmer führte, eine zierliche Blondine mit anscheinend falschen Wimpern.

"Schönen guten Abend! Silvia, nicht wahr?"
Max setzte ein charmantes Lächeln auf. "150
die Stunde?"
"120, Stammkundenrabatt", kam nach einem
kurzen Zögern geschäftlich professionell.
"Polizisten bekommen auch meine
Stammkundenpreise." Das kam mit einem
verführerischen Lächeln.
"Gut zu wissen." Max sah Herrn Ebert
belustigt an. "Tja, nun haben wir wohl die
Fakten auf dem Tisch. Sie treffen sich hier
jeden Montag, Mittwoch und Freitag um 11
Uhr Nachts mit einer Prostituierten, Herr
Meyer hat das mitbekommen und Sie erpresst,
vermutlich hatte er auch Bilder gemacht, nicht
wahr?" Das Schweigen von Ebert wertete Max
als Zustimmung. "Und er hat Ihnen gedroht, es
Ihrer Frau zu sagen, wenn Sie ihm nicht einige
Tausender herüberschieben, korrekt soweit?"
"5000 für 5 Bilder", sagte Ebert resignierend.
'Hm, das passt, wenn man von den 5000 den
Preis für das Dope abzieht.'
"Tja, also haben Sie bezahlt. Aber das war ihm
nicht genug, er hatte noch Kopien von den
Bildern und wollte Sie weiter ausnehmen. Also
haben Sie ihn in seiner Badewanne ertränkt."
Ebert fielen fast die Augen aus dem Kopf.
"Wie? Ich soll... Nein! Er hat mich erpresst,
ich habe gezahlt, und die Geschichte war
beendet.   57

Er hat mir die Speicherkarte mit den Bildern gegeben und danach war nichts mehr!"
Ehe Max antworten konnte, wurde ein Stockwerk tiefer eine Tür geöffnet.
"Verdammt nochmal! Kann man hier als anständiger Mensch nicht mal seine Ruhe haben?! Verdammtes Gesindel!" Das Gezeter kam eindeutig von Frau Busch. "Ich hetze euch meinen Hund auf den Hals, wenn da nicht bald Ruhe ist!"
"Frau Busch, das ist eine Polizeiaktion! Schieben Sie Ihren Hintern zurück in Ihre Wohnung!"
"Muss man sich von den Bullen denn alles gefallen lassen? Leben wir denn in einem Polizeistaat?"
'Schön wäre es in solchen Momenten, dann würde ich dich jetzt auch verhaften, alte Schachtel!' "Klappe und Tür zu, Frau Busch!" Unter weiterem Gemäcker wurde die Tür ins Schloss geworfen.
Max wandte sich wieder an Herrn Ebert.
"Ob Sie`s glauben oder nicht, solche Ausflüchte höre ich öfter."
"Und warum hätte ich ihn in den Taucheranzug stecken sollen?"
"Sagen Sie es mir."

"Verdammt, ich sage Ihnen doch, ich habe keine Ahnung, ich war das nicht!" Ebert klang fast flehend.

"Wir sind gerade dabei seinen PC auszuwerten, wenn wir da Spuren von Ihnen finden, sind Sie dran. In diesem Sinne, Herr Ebert, Sie sind verhaftet."

"Aber..."

"Sie haben das Recht, die Aussage zu verweigern."

"Hören Sie mir eigentlich noch zu?"

"Alles was Sie sagen, kann vor Gericht gegen Sie verwendet werden."

Der Vermieter schien mit sich zu ringen. "Und was wäre, wenn ich jetzt einfach gehe?" Es klang nicht wie eine Frage.

"Ich würde Sie nicht einfach gehen lassen", kam es trocken von Max.

"Und wenn ich Sie einfach die Treppe herunterstoße , Ihnen nochmal ins Genick trete, würden Sie mich dann immer noch aufhalten können?" Nun war es ein gefährliches Flüstern.

"Nun", begann Max nachdenklich, "dann könnte ich Sie wohl nicht mehr aufhalten zu gehen, aber Die."

"Wen meinen Sie mit 'Die'?", wollte Ebert irritiert wissen.

"JUNGS!", Max rief, über die Schulter, in die Wohnung von Meyer. Einen Moment später traten ein halbes Dutzend Kollegen von Max in Uniform nach und nach aus der Tür. Es wurde langsam eng zwischen den Wohnungen.

Abgetaucht

Kapitel 8

"Verdammt nochmal, Schneider!" Ehe Max seinen Chef sah, hörte er ihn vor seiner Bürotür brüllen. Einen Augenblick später stand Dr. Mutzvink schon wutentbrannt vor seinem Schreibtisch.

"Was fällt Ihnen eigentlich ein?!", blaffte er Max an.

"Mir fällt bei Gelegenheit eine Menge zu vielen Dingen ein, worauf genau spielen Sie an?"

"Tun Sie doch nicht so! Sie haben gestern, für eine verdeckte Ermittlung, 6 Beamte abgestellt um einen Mann festnehmen zu lassen!"

"Ja. Und?", gab Max gleichgültig zurück.

"6 Mann! Für eine Verhaftung! Und das Alles in der Nacht! Wissen Sie, was das den Steuerzahler kostet?"

"Ich schätze nicht so viel, wie das Krankengeld, das die Kollegen kassieren, die wegen Magenverstimmungen krankgeschrieben sind, was bestimmt mit dem Wasser von Paramo zutun hat."

"Fangen Sie schon wieder mit dem Wasser an? Dieses Wasser ist vollkommen in Ordnung!"

In diesem Moment war ein lautes "Bäh!" vom Flur zu hören.

"Kein Kommentar."

"Verdammt, lenken Sie nicht ab! Es geht hier um eine vollkommen, überzogene Aktion!"

"Der Verdächtige hat mir körperliche Gewalt angedroht, das können Sie alles im Bericht nachlesen..." '...wenn ich ihn irgendwann fertig habe...'

Dr. Mutzvink's Züge wurden weicher. "Sie können sich gar nicht vorstellen, wie sehr ich mich freue, dass Sie nach Morgen von hier verschwinden. Haben Sie schon gepackt?"

"So gut wie."

"Gut." Mutzvink legte einen Briefumschlag mit der Aufschrift 'Kündigung' langsam und mit einem gehässigen Lächeln auf seinen Schreibtisch, dann verließ er das Büro und knallte die Tür zu. Nun war es also amtlich. Max hatte schon fast vergessen, dass ihm ja gekündigt wurde. Naja, er würde schon wieder etwas finden. Normalerweise wurden Beamte nicht ohne Weiteres auf der Straße gelassen. Vielleicht war im Innenministerium ein Plätzchen frei oder etwas im Rathaus...

Er griff erstmal zu der 1,5 Liter Flasche Wasser, die er sich von Zuhause mitgebracht hatte und nahm einen großen Schluck.

Er würde ums Verrecken nicht noch einmal an diesen Wasserspender gehen, solange der Wasserlieferant Paramo hieß.

Nachdem er seine Kehle befeuchtet hatte, schlug er die Fallakte mit dem Aktenzeichen 1967/D-28 auf und überflog die bisherigen Erkenntnisse, mittlerweile war auch das Laborergebnis dabei. 'Keimbelastetes Wasser mit Edelstahlabrieb und Fruchtzucker in der Lunge', 'Todeszeit zwischen 22.00 und 0.00 Uhr am Sonntag', 'Erpressung von Herrn Ebert mit Bildern', 'hoher THC-Gehalt im Blut des Toten', 'der Tote im Taucheranzug, mit Flossen, Schnorchel und Taucherbrille'. Irgendetwas passte nicht. Und das nicht nur wegen dem Taucheranzug. Er hatte so ein Gefühl, dass er etwas übersehen hatte.

Max nahm die Liste zur Hand, auf der die sichergestellten Dinge standen, die Herr Ebert gestern bei seiner Festnahme bei sich hatte. Oder besser gesagt, in seinen Sachen hatte, die er zu dem Zeitpunkt nicht trug. 'Hausschlüssel, Autoschlüssel, Brieftasche mit 120 Euro in Scheinen und ein wenig Kleingeld, Ausweis, Führerschein, Krankenkarte von der LGK-Krankenversicherung, 5 Kondome der Marke Macho'. Max musste Grinsen, ehe er zum letzten Punkt auf der Liste kam,

'Wassergutachten'.

In Max' Kopf ratterte etwas, aber es führte zu keinem Ergebnis. Er zermarterte sich das Hirn, aber es half nichts, er musste den Weg auf sich nehmen, also stand er auf und machte sich auf den Weg in den Keller.

An der Asservatenkammer angekommen, hämmerte er dagegen. "Aufmachen, du Kellerassel!"

Einige Sekunden passierte gar nichts, ehe ein schwerer Riegel quietschend beiseite geschoben wurde.

"Schneider!", tönte sein alter Kumpel Thomas von der Polizeischule.

"Hallo Junge, ich muss einen Blick auf die Sachen von dem Ebert werfen."

"Lässt sich machen", sagte sein Kumpel über die Schulter, während er sich an seinen PC setzte. "Fallnummer?"

"1967/D-28."

"Aja, gut, ich hole dir die Sachen."

Max wartete und dachte immer noch nach, bis Thomas mit einer Pappschachtel zurückkam.

"Was genau wolltest du dir nochmal ansehen?"

"Das Wassergutachten."

"Ah, habe schon gehört, dass du zur Zeit eine Menge Probleme mit Wasser hast!", er zwinkerte Max zu.

"Wasser im Wasserspender, Wasser im Mordhaus, Wasser im Toten."

"Ja, und nun habe ich wegen Wasser eine Kündigung am Hals."

Thomas wirkte erschrocken. "Der Mutzvink hat dich gekündigt, weil du dich übers Wasser beschwert hast?"

"Naja, wie man`s nimmt... Ich habe ihm einen Becher mit dem Mist auf die Füße geworfen.", er lachte laut auf. "Richtig so! Davon träumen hier alle , so etwas zu machen."

"Tja, ich habe den Traum verwirklicht, aber nicht mit einem so guten Ergebnis..."

Thomas machte ein sorgenvolles Gesicht. "Denkst du er schmeißt dich wirklich raus?"

"Er hat mir vorhin die Kündigung hingelegt."

"Scheiße Alter, wie soll das hier ohne dich laufen?"

"Das wird schon, Arni und der Doc sind ja noch da und Gerd kommt demnächst auch wieder aus dem Urlaub."

"Ohne dich wird`s aber nicht das Selbe sein Max."

"Das wird sich zeigen."

Max schaute sich das Gutachten an und plötzlich sprang es ihm ins Auge. Sein Gehirn packte endlich die Information aus, nach der er vorhin so verzweifelt gesucht hatte.

"Ich muss weg!", rief Max seinem Kollegen zu, während er aus der Tür stürzte.
"Wie? Was ist denn los?" Thomas blieb verdattert zurück.
"Ich muss Wasser besorgen!"
"Ich hätte auch noch ein Fläschchen hier, falls du..." Doch da war Max schon verschwunden.

Max stürzte durch die Tür zur Gerichtsmedizin, ein erstaunter Gerichtsmediziner sah ihn überrascht an.
"Max, schönen guten Morgen, was kann ich..."
"Proberöhrchen", keuchte Max.
"Äh, wie bitte?"
"Proberöhrchen für Beweismittel, für Indizien, flüssige Sachen, ich brauche welche!"
"Äh, ja, ok." Irritiert griff der Doc in ein Regal und übergab Max die gewünschten Röhrchen.
"Danke!" Und schon war Max wieder verschwunden.
Er rannte die Treppen hoch und an dem Wasserspender vorbei zu seinem Büro und steckte einen Schlüsselbund ein, ehe er wieder nach draußen rannte.
Er hatte einige Stationen vor sich, also stieg er gleich in seinen Wagen und fuhr los. Während er vom Hof des Polizeireviers fuhr, rief er Arni an.

"Max, was gibt`s/gibt es denn?"

"Ruf bitte bei Paramo an und sage ihm, dass ich in etwa einer Stunde bei ihm in der Firma bin!"

"OK, aber warum? Wir haben doch den Vermieter verhaftet?"

"Frag nicht, tu`s/tu es einfach!" Max legte auf und konzentrierte sich darauf, durch die Innenstadt zu rasen.

Als er bei seinem Ziel angekommen war, schloss er die Tür auf und hastete die Treppen hoch. Die nächste Tür wurde aufgesperrt und er erledigte schnell seine Aufgabe, dann stürmte er wieder nach unten und fuhr weiter. Auf zur nächsten Station!

Nach einer weiteren, wilden Fahrt, drückte er sich an einer Wand entlang und huschte ungesehen in die Halle, wo er erst einmal (wenn kein Dialekt) ein paar Informationen einholen musste. Die Personen, die er suchte, reagierten erstaunt auf sein Erscheinen.

Ihm wurde bereitwillig, wenn auch etwas verwirrt, seine gewünschte Auskunft gegeben. Wieder raus aus der Halle!

Einige Schritte weiter, die nächste Aufgabe erledigen und wieder zurück ins Auto und ab zum Polizeirevier.

Max fuhr mit qualmenden Reifen auf den Parkplatz und kümmerte sich nicht um die Markierungen, während er schon wieder aus dem Auto raus war und ins Gebäude stolperte, Richtung Keller.

Wie schon 30 Minuten zuvor, starrte ihn der Doc erstaunt an. "Max, was ist denn los mit dir?"

Er hielt ihm 3 der Röhrchen hin, die von 1 bis 3 durchnummeriert waren. "Analysiere mir das!"

"Wie bitte?"

"Ich muss wissen, was da drin ist!"

"Ok ok, aber das wird etwas dauern..."

"Du hast eine Stunde."

"Was? Aber das dauert länger, wenn du alles haarklein..."

"ANALYSIERE MIR DAS!", wobei er jedes Wort einzeln betonte.

"Gut Max", der Doc gab auf, "aber es wird oberflächlich sein."

"Das reicht mir schon." Max machte wieder kehrt und rannte zur Tür. "Ruf mich auf dem Handy an!" Damit war er wieder verschwunden.

Jetzt musste er noch schnell ein paar Beweismittel sichern. Er ging zum Lagerraum und öffnete die Tür mit einem Dietrich. Als er alles hatte, was er brauchte, verschwand er wieder in seinem Auto und fuhr zu `Paramo`s Wasserparadies`.

Abgetaucht

Kapitel 9

Max kam, nach einer gemächlicheren Fahrt als
zuvor, bei Paramo's Firma an und das war auch
gut so. Er musste einen kühlen Kopf
bewahren, zumindest am Anfang. Er parkte
seinen Wagen vorschriftsmäßig und achtete
auch auf die Markierungen, ehe er ausstieg
und entspannt durch den Eingang schlenderte.
Sein Weg führte ihn über den Hof, vorbei an
der Lagerhalle und den riesigen Wassertanks,
bis er an dem Hauptgebäude ankam. Türe
öffnen und den Gang bis zu Paramo's Büro in
aller Ruhe entlang gehen, dann klopfte er
ruhig, fast verhalten, an.
"Was gibt`s denn schon wieder?" Ein sichtlich
genervter Frank Paramo öffnete die Tür.
"Guten Tag, Herr Paramo!" Max strahlte ihn
an. "Es haben sich nur noch ein paar Fragen
ergeben, wenn ich Sie kurz stören dürfte?"
Seine Stimme war süßer als Honig.
"Na gut, meinetwegen." Paramo ging zu
seinem Schreibtisch und setzte sich. Max tat es
ihm gleich und hatte weiterhin

sein Lächeln im Gesicht, es war die reine Vorfreude.

"Also, was für Fragen, Max?"

"Nun, zuallererst wollte ich fragen, könnten Sie mir vielleicht eine Flasche Ihres tollen Wassers mit Obstaroma spendieren?"

Paramo starrte ihn entgeistert an.

"Deswegen bist du hier? Du willst eine Flasche Wasser von mir?"

"Nicht nur deswegen", beschwichtigte ihn Max. Und das stimmte auch, "aber mit einer Flasche Ihres Wassers würde ich mich viel wohler fühlen."

Paramo's Züge hellten sich ein wenig auf.

"Aha, dann bist du also doch noch auf den Geschmack gekommen!"

"Könnte man so sagen."

"Wusste ich's doch, dass du nicht ewig so verbohrt und rückständig bleiben würdest, mein Lieber!", Paramo lachte auf.

Es erinnerte Max an eine wütende Katze.

"Ich hole dir ein Fläschchen und dann kommst du hoffentlich zur Sache", sagte er im Hinausgehen.

Max holte sein Smartphone aus der Hosentasche und sah nach der Uhrzeit. "Oh ja, dann kommen wir zur Sache mein Lieber..."

'...wenn der Anruf dann bald kommt...'

Als Paramo durch das Haus Richtung Lager ging, überlegte er, warum er den Laufburschen für diesen Halbaffen spielte.

Dieser Max Schneider war doch ein niederes Wesen, aber eben auch Kriminalkommissar. 'Wie schafft es so Einer bitte in den Beamtenstatus?' Naja, es gab immer mal wieder unerklärliche Phänomene. Das hier war wohl so ein Fall... Beamte konnten doch sowieso nichts anderes, als anständigen Leuten, wie ihm, das Leben schwer zu machen. Außer natürlich, sie hatten noch einen Funken Ehre gegenüber den Leuten, die mit ihren Steuergeldern das Land am Laufen hielten, so wie er. Und darüber hinaus belieferte er ja auch noch das Polizeirevier mit Wasser und das zu einem Preis, der einfach unschlagbar war. Da musste man schon einmal das ein oder andere Auge zudrücken, im Interesse eines guten Verständnisses.

Paramo kam im Lager an und suchte die Kästen ab. `Welches Fruchtwasser wollte dieser Schneider noch gleich?` 'Ach, egal! Einem geschenkten Gaul, schaut man nicht ins Maul...', dachte er sich und griff in den erstbesten Kasten. Er erwischte dabei genau das "Quellwasser mit Mango-Aroma", über das sich Max neulich beschwert hatte.

Frank grinste, das war genau das Richtige!

Sollte dieser Schneider erst einmal lernen, wie man mit Geschäftsleuten umging, dann konnte er auch Wünsche äußern in Bezug auf die Wassersorten. Er machte sich wieder auf den Weg zu seinem Büro, während er seine Gedanken schweifen ließ. Sollte der Deal mit dem Polizeirevier dauerhaft werden, und danach sah es im Moment aus, dank seiner guten Kontakte, konnte er sich in wenigen Monaten den neuen Mercedes leisten.

Sein jetziger Wagen war zwar auch ein Mercedes, aber bereits drei Jahre alt und nicht so komfortabel wie er sein sollte.

Deshalb hatte er bereits vor einiger Zeit bei seiner Bank nach einer Autofinanzierung gefragt , doch diese Sesselfurzer hatten ihn, mit der Begründung, dass die Geschäftszahlen seiner Firma sich zu schlecht entwickelt hätten, abgewimmelt . Tja, jetzt konnten ihn die Banken einmal kreuzweise!

Bei der recht hohen Mindestabnahmemenge, die er ausgehandelt hatte, würde er keinen weiteren Kredit von der Bank brauchen; für lange Zeit.

Seine Laune hatte sich extrem verbessert, als er wieder an seinem Büro ankam. Max saß immer noch auf seinem Stuhl und starrte aus dem Fenster.

"Bitte sehr, wohl bekommt's !" Paramo holte ein Glas aus dem Schrank und stellte es neben die Flasche, doch Max machte keine Anstalten die Flasche zu öffnen und sich einzuschenken. Stattdessen sah er Frank einfach nur an. 'Geht es noch? Will der Kerl, dass ich ihm den Arsch nachtrage oder was?!'
"Wolltest du nicht etwas trinken Max?"
"Nein, nein, jetzt nicht", sagte Max und winkte ab. Hatte dieser Kerl ihn am Ende nur ärgern wollen, indem er ihn zum Wasserholen geschickt hatte? "Fangen wir lieber mit der Befragung an."
Die gute Laune, die Frank eben noch hatte, war wieder verflogen. "Also gut, dann fang endlich an."
"Fein. Die Wassertanks draußen, was kannst du mir über Die erzählen?"
"Was?"
"Die Wassertanks", wiederholte Max in geschäftsmäßigem Tonfall.
"Ich habe dich schon verstanden, aber warum interessiert dich das?", fragte Paramo verständnislos.
"Lass das nur meine Sorge sein. Also?"
Paramo atmete, laut hörbar, genervt aus.
"Wenn es denn sein muss.
Das sind zwölfeinhalb Meter hohe Edelstahlwassertanks, in denen

das Wasser eingefüllt wird. Dann wird das Wasser gegebenenfalls mit Kohlensäure, Fruchtaroma oder Limonade versetzt. Danach wird es durch einen Filter in die Abfüllanlage gepumpt, wo es dann voll automatisch in Flaschen oder andere Behälter gefüllt, etikettiert und verschlossen wird, ehe es in die Lagerhalle kommt. Zufrieden?"

"Sehr. Und es sind zur Zeit alle diese Tanks in Betrieb?`` Diese Frage schien Frank zu irritieren.

"Ja, warum sollten sie das nicht sein?"

"Egal, kommen wir später darauf zurück." Max blätterte eine Seite weiter in seinem Notizblock. "Die Aufgabe von Lenny, Micky und Ricky ist, in Lenny's Fall war, die abgefüllten Wasserbehälter in die Lagerhalle zu bringen, richtig?"

"Ja, aber ich verstehe nicht..."

"Das macht nichts. Und inwieweit waren oder sind diese 3 Mitarbeiter über das Wasser im Bilde?"

"Sag mal, willst du mich verarschen, oder was?" Paramo war wütend von seinem Stuhl aufgesprungen. "Die Drei sind, beziehungsweise in Lenny's Fall war, dafür da, Kisten, Flaschen und andere Behälter von A nach B zu bringen, vorzugsweise ohne dass etwas zu Bruch geht.

75

Darüber waren und sind sie im Bilde. Darüber hinaus werden sie auch wissen, dass Wasser zum Trinken und Waschen da ist. Sonst noch etwas?" Ihm riss langsam der Geduldsfaden. Max fuhr unbeirrt fort. "Gesetzt den Fall, es würde etwas passieren, das kein gutes Licht auf die Firma werfen würde, hätten diese Drei die Möglichkeit gehabt, das mitzubekommen?"

"Jetzt reicht es mir aber!

Was willst du mir hier eigentlich unterstellen?" Tja, Max wollte eigentlich nur ein bisschen auf den Busch klopfen und sehen, ob ein Kaninchen herausrannte, während er auf den Anruf wartete.

"Immer mit der Ruhe Frank, es geht mir nur um einige "Was-wäre-wenn" Fragen, ich muss das nur für mich ordnen, weil mein Chef endlich den Bericht haben will. Das ist keine böse Absicht von mir, dich zu nerven.

Es geht nur darum, dass mein Chef mir sonst die Hölle heiß macht, wenn ich diese Fragen nicht gestellt habe."

Max klang kleinlaut und deprimiert, das schien Paramo zu besänftigen, da er sich ihm dadurch überlegen fühlte, er war schließlich sein eigener Chef. Schließlich beruhigte er sich wieder und setzte sich. "Das tut mir wirklich leid für dich, Max. Natürlich will ich nicht dafür verantwortlich sein, dass du Ärger mit deinem Chef bekommst." Innerlich lachte sich Paramo halb tot.

'Hat ja wunderbar geklappt', dachte sich Max. Ehe er wieder unterwürfig anfangen wollte, klingelte sein Handy. "Entschuldige bitte Frank..."

"Aber kein Problem Max", meinte Paramo großmütig.

"Ja, hier Schneider. Ah, Doc, und, wie sieht es aus?" Eine kurze Pause. "Ah, sehr interessant. Und Nummer 2?" Eine längere Pause. "Und da bist du dir absolut sicher?" Eine sehr kurze Pause. "Vielen Dank! Das bringt mich weiter, bis gleich!" Max beendete das Gespräch, nun strahlte er wieder.

"Na, hat sich dein Fall gerade aufgeklärt?", wollte Paramo gespielt, interessiert wissen.

"Das könnte man so sagen..." Max wirkte äußerst zufrieden. "Ich will dich dann nicht länger mit Fragen belästigen Frank." Max stand auf und ging zwei Schritte neben den Schreibtisch, während er Frank die Hand hinstreckte.

Paramo erhob sich behäbig und tat es ihm gleich. "Schon in Ordnung, ich hoffe du nimmst mir meinen kleinen Ausbruch nicht übel." Er drückte fest die schlaffe Hand von Max.

"Aber nein, solange du es mir auch nicht übel nimmst." Max grinste.

"Was soll ich dir nicht übel nehmen?", wollte Paramo wissen. Eine Sekunde später drückte Max eisern zu und drehte Frank den Arm auf den Rücken. Im Moment seines überraschten Schmerzensschreies, stieß Max ihn Richtung Wand und bohrte sein Knie in seinen Rücken. Paramo's Gesicht landete krachend an der Raufasertapete, während Max mit seiner freien Hand die Handschellen an seinem Gürtel löste. Der linke Arm von Frank war an der Wand nach unten ausgestreckt, was es Max einfacher machte ihm die Handschellen anzulegen.

"Was soll diese verdammte Scheiße?", wimmerte Paramo, nachdem er sich ein wenig von dem Schock erholt hatte.

"Frank Paramo, ich verhafte Sie wegen Mordes an Ihrem Mitarbeiter Lennard Meyer..." Nach einer kurzen Pause: "...Und wegen dem Verkauf von nachweislich, gesundheitsschädlicher Drecksbrühe, die sie Trinkwasser nennen!"

Abgetaucht

Kapitel 10

Nachdem Max seinen alten Sportvereinskameraden, Frank Paramo, unter großen Augen seiner Angestellten abgeführt und in seinen Wagen eingeladen hatte, waren sie, unter permanentem Gemecker von Paramo, nun im Polizeirevier angekommen. Max schob den Wasserfabrikanten wie einen vollen Müllsack vor sich her, bis sie in Verhörraum 1 ankamen.

Das Aufnahmegerät lief und Max stellte seine Standardfragen, obwohl es ihm relativ egal war, was sein Verdächtiger darauf antwortete. Er hatte seinen Mann, da war er sich ziemlich sicher, aber um Paramo sein Maul zu stopfen, musste er das digitale Aufnahmegerät erst ausschalten.

Wenige Minuten später hörte Max Getrampel vor der Tür, gefolgt von einem "SCHNEIDER!", das eindeutig von Dr. Mutzvink kam. Die Tür wurde aufgerissen und sein Chef wollte zu seiner Schimpftirade ansetzen, als er zuerst Paramo's gerötetes Gesicht und dann den ausgeschalteten Digitalrecorder sah.

"Sind Sie von allen guten Geistern verlassen Schneider?!"

"Da muss ein Missverständnis vorliegen Dr. Schmutzfink, die leichten Blessuren sind von der Festnahme." Was auch der Wahrheit entsprach. Doch es besänftigte Dr. Mutzvink seltsamerweise nicht.

"Und Sie denken, dass macht die Sache besser?!" Sein Chef war außer sich.

"Sie haben die Situation nicht erlebt Chef, er war äußerst aggressiv und hat mich tätlich angegriffen."

"Wie soll er Sie angegriffen haben?"

"Er hat meine Hand gequetscht bei der Verabschiedung."

"Schneider, Sie wollen mich doch verarschen. So dumm können Sie doch nicht sein, oder? Dafür werden Sie bezahlen!"

"Sie haben mich doch schon rausgeschmissen, wollen Sie mir noch eine Kündigung auf den Tisch legen?"

Mutzvink wusste nicht, was er noch sagen sollte zu dieser Sache, also versuchte er sich in Sachlichkeit. "Wie kommen Sie darauf, dass Herr Paramo mit dem Tod von Lennard Meyer zu tun hat?" Die Beherrschung war zum zerreißen dünn.

"Das Wasser in den Lungen des toten Tauchers war das Selbe, das Herr Paramo an uns liefert, er wurde in einem der Edelstahltanks ertränkt. Der Metallabrieb war Edelstahl, kein Blei, und die Rohre in dem Mietshaus sind ausnahmslos Bleirohre. Eine Wasseranalyse bestätigt das."
"Das sollen Ihre Beweise sein, Schneider?" Die mühevolle Zurückhaltung bröckelte schon. "Es gibt wohl mehr als eine Möglichkeit, wo er ertrunken sein könnte, zum Beispiel in einem anderen Haus in der Badewanne, das Edelstahlrohre hat!"
"Schon möglich, aber kaum ein Haus dürfte Fruchtzucker in das Leitungssystem pumpen, der ebenfalls in der Lunge war. Und dieser Fruchtzucker hat die gleiche Zusammensetzung, wie der in Paramos Wasser mit Fruchtgeschmack."
Das schien Mutzvink zumindest zum Nachdenken zu bringen. "Also gut, führen Sie das Verhör weiter, aber nur mit eingeschaltetem Recorder.
Und Schneider, ich behalte Sie im Auge..."
Bevor er sich zur Tür herausdrücken konnte, rief ihn Max zurück. "Moment noch, Chef..."
Max griff nach der Wasserflasche, die er vorhin von Paramo bekommen hatte. "Hier."
Sein Chef starrte ihn verständnislos an. "Was soll ich damit?"

81

"Das ist ein Beweisstück, Sie können aber gerne einmal einen Schluck nehmen und die Glaubwürdigkeit meiner Indizien testen." Mutzvink verließ ohne weiteres Wort den Raum.

Max machte weiter mit dem Verhör und Paramo war mittlerweile sehr umgänglich. Seine Worte in der Aufnahmepause hatten gewirkt, jedoch bestritt er nach wie vor, etwas mit dem Tod von Lennard Meyer zu tun zu haben. Es zog sich immer weiter hin und Max wurde langsam ungeduldig.

Auf die Aussage von Max, dass es nur logisch sei, dass Lennard Meyer etwas von den Verunreinigungen im Wasser mitbekommen hatte, entgegnete Frank, dass diese 3 Kumpels doch permanent so bekifft seien, dass sie nicht einmal einen Elefanten bemerken würden, der an ihnen vorbeilief, oder ihn für einen tollen Flash halten würden. Auf dieses Argument hatte Max keine passende Antwort, weswegen er erst einmal etwas trinken musste.

Max bot Frank an, ihm ein Wasser mitzubringen, aber Paramo lehnte ab. Vielleicht hätte Max erwähnen sollen, dass er sein eigenes Wasser dabei hatte, jedoch hätte er Frank natürlich einen Becher aus dem Wasserspender auf dem Flur mitgebracht hätte.

Nachdem Max sich in seinem Büro erfrischt hatte, wollte er seinen Verdächtigen noch etwas schmoren lassen, weshalb er noch einen Abstecher zur Gerichtsmedizin machte.

"Na Doc, gibt`s/gibt es noch etwas Neues?"

"Hey Max, leider nein, alles wie im Bericht vermerkt. Was hätten wir denn noch finden sollen?"

"Keine Ahnung, vielleicht irgendetwas, was mich weiterbringt?"

"Schaffst du es nicht selbst, dich weiterzubringen?"

"Nur, wenn ich in meinem Wagen sitze."

"Ach ja, was ich dich fragen wollte: Woher waren eigentlich die Wasserproben?"

"Probe Nummer 2 aus der Wasserleitung, die zu Lennard Meyer's Badewanne führt, Nummer 3 von dem Tank in Paramo's Fabrik, in dem die Mango-Siffbrühe gelagert wird und Nummer 1 aus unserem Wasserspender hier im Revier."

Der Gerichtsmediziner machte große Augen.

"Ein Glück, dass ich immer nur Wasser trinke, aufgebrüht mit gutem Wasser aus der Leitung, und keines in dem tote Taucher herumschwimmen."

"Tja, allein dafür hat Paramo die Verhaftung verdient..."

"Achja, ich hab's schon mitbekommen, Mutzvink's Geschrei war bis hier unten zu hören."
"Wirklich?"
"Nein, Arni war vorhin hier."
"Warum das denn?"
"Er wollte nur einmal Hallo sagen, weil er mich die letzten Tage nie zu Gesicht bekommen hat, er hat ja schon die ganze Woche Stallwache."
"Der hat wohl zu wenig zutun..." Und um das Thema zu wechseln: "Ist euch noch irgendetwas am Taucheranzug aufgefallen?"
"Nein, außer, dass er ziemlich hässlich war. Lilane und grüne Streifen, also wirklich! Achja, die Jungs von der Spusi haben auch den Kassenbon in der Wohnung gefunden, er hat das Ding erst ein paar Tage vorher gekauft."
"Kann ich mir das Teil einmal ansehen?"
"Klar, du musst nur in die Asservatenkammer."
"Wenn's denn sein muss..." Max verließ die Gerichtsmedizin, um seinem alten Kumpel Thomas einen weiteren Besuch abzustatten.
"Max! Was verschafft mir denn die Ehre, dich gleich zweimal in 24 Stunden zu begrüßen?"
"Der Taucheranzug."
"Ach ja, dann bitte nochmal das Aktenzeichen."

Max verdrehte die Augen. "Kannst du dich nicht mehr daran erinnern?", fragte Max entnervt.

"Es geht nicht darum, ob ich mich daran erinnern kann, sondern du." Thomas grinste ihn schief an.

"Du wirst hier unten noch zum letzten Bürokratenarschloch...", Max dachte kurz nach. "1967/D-28."

"Na also, es geht doch!" Thomas ging in den hinteren Bereich des Raumes und kam wenige Sekunden später mit einem der üblichen Kartons zurück.

Nachdem Max einen kurzen Blick auf den Taucheranzug geworfen hatte, fiel ihm etwas auf. Er nahm das Beweisstück heraus und machte sich am Reißverschluss zu schaffen.

"Ich muss weg...", sagte er kurz angebunden.

"Danke Thomas." Ohne eine Erwiderung von seinem Kollegen abzuwarten, stürmte Max, wie schon am Vortag, hinaus, wieder in Richtung Gerichtsmedizin.

"Na, schon wieder da?"

"Habt Ihr versucht, den Reißverschluss aufzumachen?"

"Was? Wie kommst du denn darauf?"

"Sag`s es mir einfach!"

"Nein, natürlich nicht. Hast du schon mal versucht, einer Person mit Leichenstarre normale Kleidung auszuziehen? Ein Taucheranzug ist nochmal schwieriger, also schnipp schnapp, vom Hals bis zu den... unter die Gürtellinie und von der Brust du den Handgelenken, und das Ding ist ausgezogen."

"Also ihr habt nicht mal versucht, den Reißverschluss zu öffnen?", erkundigte er sich nochmals.

"Nein, wozu auch?"

"Danke." Max drehte sich um und rannte wieder raus.

"Du solltest wirklich einmal zum Arzt gehen, Max! Soviel Hektik ist nicht gut für deinen Blut-"

Max scherte sich nicht um Gesundheitstipps, er war sich fast sicher, dass er endlich wusste, wie der Tote in den Taucheranzug gekommen war. Aber, um das beweisen zu können, musste er ein paar Dinge anleiern und das bedeutete, er hatte einige wichtige Telefongespräche zu führen.

Abgetaucht

Kapitel 11

Zwei Personen trafen sich, die mehr über den Fall des toten Tauchers wussten.

"Mach dir keine Sorgen, das läuft schon.", sagte Nummer 1 in beruhigendem Tonfall.

"Was, wenn Sie es herausfinden?", fragte Nummer 2.

"Das werden Sie nicht.", gab Nummer 1 zurück.

"Und wenn doch?"

"Wie sollten Sie denn? Darauf wird nie jemand kommen."

"Der Kommissar ist nicht blöd."

"Nein, aber der Hellste ist er auch nicht. Wir ziehen das durch wie geplant, in der Nacht auf Samstag."

"Wenn du meinst..."

Ein Handy klingelte. Nach kurzem Zögern ging Nummer 1 ran. Ein kurzer Wortwechsel, dann wurde aufgelegt. Nummer 1 wurde blass.

"Was ist denn los? Wer war das?" wollte Nummer 2 wissen.

"Wir müssen die Sache heute Nacht durchziehen."

Abgetaucht

Kapitel 12

Die Anrufe waren getätigt, alles Wichtige in die Wege geleitet, damit sich einige Leute ziemlich aufregen konnten, aber er hatte es gerne gemacht. Bis die ganze Sache anrollen würde, hatte er allerdings noch etwas Zeit. Also konnte er noch schnell etwas anderes erledigen, was zwar nicht ihm zugute kam, aber ein paar anderen Personen. Er kopierte noch schnell ein paar Dateien von einer Speicherkarte und machte sich auf den Weg. Max kam im Zellentrakt an, wo vor 2 Tagen noch Micky und Ricky einsaßen, nun aber Herr Klaus Ebert sein Heim gefunden hatte. Der Vermieter wirkte nicht sonderlich erfreut, als er Max auf dem Gang sah.
"Sind Sie gekommen, um mich auszulachen?", erkundigte er sich.
"Nein, diesmal nicht. Ich wollte Ihnen mitteilen, dass sich die Verdachtsmomente gegen Sie nicht erhärtet haben. Am PC von Lennard Meyer waren keinerlei Spuren von Ihnen zu finden und es waren auch keine Bilder von Ihnen darauf gespeichert.

Er war anscheinend ehrlich und hat Ihnen mit der Speicherkarte alle ausgehändigt." Ziemlich dämlich von Lennard, kein Druckmittel in der Hinterhand zu behalten, um in Zukunft einige Verbesserungen in der Wohnung durchsetzen zu können... "Also werden Sie entlassen."
Ein kurzes Aufblitzen von Freude in dem Blick von Herrn Ebert, aber danach:
"Und was bringt mir das? Hier drin war ich wenigstens sicher vor dem Wasserwirtschaftsamt und... meiner Frau... Die wird mich bei der Scheidung ausbluten lassen, nachdem Sie mich fertig gemacht hat..."
'Habe ich dem Kerl etwa noch einen Gefallen getan, indem ich ihn eingebuchtet habe?', schoss es Max durch den Kopf. 'Das geht mal gar nicht!' "Das Wasserwirtschaftsamt werden Sie nicht so schnell los, aber Ihre Frau auch nicht, sie weiß bisher nichts von Ihrer Freizeitbeschäftigung in Ihrer Mietwohnung."
"Aber Sie werden es ihr noch sagen, Herr Kommissar, oder? Ich kann Sie einschätzen, Sie werden es doch genießen, mich im Dreck liegen zu sehen..."
'Gar nicht mal so dumm, der gute Herr Ebert.'
"Wissen Sie, es gäbe da die Möglichkeit, die rein theoretische Möglichkeit, dass Ihre Frau nichts davon erfahren muss,

das setzt natürlich ein gewisses Entgegenkommen Ihrerseits voraus..."
Max machte eine bedeutungsvolle Pause.
Ebert schien mit einem Mal sehr interessiert zuzuhören. "Es ist so, dass Ihr Mietshaus in einem nicht gerade guten Zustand ist, insbesondere die Wasserleitungen. Und Ihre Mieter, die müssen das Ganze ausbaden. Nicht, dass es mich etwas angehen würde, aber wenn Sie mir zusichern, dass Sie sich, zumindest nach und nach, um die Mängel kümmern, angefangen mit den Wasserinstallationen, könnte ich drauf verzichten, Ihre Frau zu verhören und ihr mitzuteilen, wie Sie verhaftet wurden."
Anfänglich schien Ebert diesem Vorschlag sehr zugetan, doch einen Moment später wurde seine Miene wieder düster.
"Das würde ich ja machen, aber wie soll ich mir das leisten? Wissen Sie, das Leben ist doch so teuer und da bleibt kaum etwas auf der hohen Kante."
'Besonders mit so teuren Hobbies wie Nutten...' "Da habe ich schon einen guten Vorschlag, Ihre Lebenshaltungskosten zu drücken: Einfach indem Sie für ein Jahr auf Ihre Montags-, Mittwochs- und Freitagsfreizeit verzichten. Lassen Sie mich kurz nachrechnen...

... 18720 Euro würden Sie dadurch sparen, in einem Jahr."

"Und wie soll ich mich dann überhaupt entspannen können?", fragte Ebert fassungslos.

"Vögeln Sie Ihre Frau."

"Haben Sie die einmal gesehen?"

"Dann schalten Sie das Licht aus." 'Soweit ich mich an dein Aussehen in Unterwäsche erinnere, hätte auch deine Frau etwas davon...'

"Aber das Mietshaus bringt nicht soviel ein..."

"Sie vermieten die Wohnung, die sie bisher selbst genutzt haben ja auch wieder, dann ergibt das, nach meiner Rechnung, Jahreseinnahmen von mehr als 20000 Euro, also, wo liegt Ihr Problem?"

"Gut, einmal angenommen, ich würde das so machen. Das Geld habe ich ja trotzdem nicht sofort übrig... Und das Wasserwirtschaftsamt macht mir die Hölle heiß, wenn die Wasserleitungen nicht baldmöglichst erneuert werden..."

"Da habe ich eine Lösung für Sie." Mit diesen Worten holte Max die Geldscheinrolle aus seiner Jackentasche, die er im Spind von Lennard Meyer sichergestellt hatte und hielt sie Ebert vor die Nase. "Dieses Geld aus der Erpressung gehört schließlich Ihnen.

Es ist aber ein Beweisstück, da wir es bei den Sachen des Toten gefunden haben, was bis zur Lösung des Falles bei uns bleiben wird.

Aber unter gewissen Umständen, könnte es ihnen 'versehentlich' auch früher ausgehändigt werden, wenn wir uns verstehen."

Ebert schien nachzudenken, inwieweit der ganze Handel für ihn zum Vorteil gereichen würde. "Herr Kommissar, ich denke wir sind uns einig!"

"Sehr gut!" Max schloss die Zellentür auf und händigte Ebert das Geld aus, was sich Dieser gierig in die Tasche stopfte. 'Nicht so stürmisch, lange wird es nicht da drin bleiben...'

Sie gingen gemeinsam zur Asservatenkammer, wo Herr Ebert der Rest seiner Habseligkeiten ausgehändigt wurde. Er prüfte nach, ob alles vorhanden war und schien zufrieden.

Sie verließen den Raum und im Fahrstuhl sagte Max beiläufig: "Also Sie halten mich auf dem Laufenden, was die Instandhaltung des Hauses angeht, Herr Ebert?"

Ebert verzog das Gesicht zu einem Lächeln, das alles andere als freundlich war. "Nein. Ich werde an dieser Bruchbude gar nichts machen lassen. Und die Mieter, die Ihnen so am Herzen liegen... Diese Kakerlaken sind in so einem Haus auch bestens aufgehoben, wenn

Sie mich fragen. Alles asoziale, verkommene Subjekte, warum sollte ich Denen eine schöne Wohnung gönnen? Ich werde die Wasserleitungen notdürftig ausbessern lassen, gerade soviel, dass das Amt Ruhe gibt und dann wird da gar nichts mehr gemacht!"

Max blieb gelassen. "Herr Ebert, wir haben doch vorhin über Ihre Frau geredet..."

"Ha! Die kann Bullen nicht leiden, seit sie vor einigen Jahren ihren Führerschein verloren hat, weil sie besoffen gefahren ist. Ich sage ihr einfach, dass sie ein Verrückter sind, der es auf mich abgesehen hat, weil ich Sie mal beleidigt habe bei einer Verkehrskontrolle!

Die ist so hohl, das wird sie mir schon glauben, vor allem weil Sie keine Beweise mehr haben, Herr Kommissar!" Ebert tätschelte seine Jackentasche, in der die Speicherkarte steckte.

"Herr Ebert, ist Ihnen eventuell aufgefallen, dass die Speicherkarte nicht in dem Asservatenbeutel steckte, wie Ihre anderen Sachen, sondern daneben lag?"

"Ja, und?"

"Wissen Sie, das ist eine ganz seltsame Geschichte. Die Speicherkarte war heute nämlich eine Weile verschwunden. Sie wurde glücklicherweise wieder gefunden, aber was in der Zwischenzeit damit passiert ist..."

"Sie meinen...", begann Ebert erschrocken.
"Ganz genau! Es wäre gut möglich, dass irgendjemand die Bilder kopiert hat. Und falls dieser Jemand etwas gegen Sie haben sollte... Es wäre nicht auszudenken, was er mit diesen Bildern anstellen könnte..." Nun war es an Max, gemein zu grinsen.

Ebert stolperte rückwärts gegen die Wand des Fahrstuhls, ihm war schwindelig.

"Ach ja, nur ganz nebenbei, ich müsste Sie eigentlich wieder verhaften..."

"Was? Weswegen?"

"Sie haben Beweismittel aus der Asservatenkammer entwendet. Das Geld das Sie in der Tasche haben, ist noch nicht freigegeben."

"Aber... Das haben Sie mir selbst gegeben!", Ebert klang fast verzweifelt.

"Haben Sie Zeugen dafür?", fragte Max kalt.

"Ich hingegen habe einen Zeugen, der bestätigen wird, dass das Geld noch vorhanden war, bevor Sie Ihre Sachen abgeholt haben."

Das war zu viel für Ebert, er sank in sich zusammen, sein Kinn sackte auf die Brust und er rieb sich mit beiden Händen über sein Gesicht.

"Aber Herr Ebert, keine Sorge, wir können doch über alles reden." Die Stimme von Max wurde wieder zart.

94

"Es muss ja gar nicht zu alldem kommen, was Sie sich gerade in Ihren Gedanken ausmalen. Sie müssen sich einfach nur dazu durchringen, unsere ursprüngliche Vereinbarung, entgegen Ihrer triefenden Arroganz, einzuhalten."

"Und welche Garantie habe ich, dass Sie mich nicht einfach aus Spaß in die Pfanne hauen?"

"Gar keine", gab ihm Max gleichgültig zurück. "Sie werden mir einfach vertrauen müssen. Aber denken Sie nach, wenn ich gut gelaunt bin, würde ich nicht auf die Idee kommen, irgend jemanden fertig zu machen. Sollte ich aber schlecht gelaunt sein, komme ich vielleicht auf die Idee, jemanden in die Pfanne zu hauen, damit ich mich besser fühle. Also sollten Sie etwas dafür tun, dass ich gut gelaunt bin."

Ebert sah resignierend zu Max auf. "Also... Dann halte ich Sie bezüglich der Sanierungsarbeiten auf dem Laufenden?"

"Nein", kam es wieder hart von Max. "Ich halte mich selbst auf dem Laufenden, ich werde von Zeit zu Zeit bei Ihnen vorbeischauen und wenn es keine Fortschritte gibt, werden einige Dinge passieren, die Ihnen gar nicht gefallen werden, klar?"

"Klar." Ebert rappelte sich wieder auf und schlurfte mit eingezogenem Kopf und leicht schwankend aus dem Fahrstuhl.

Max blickte ihm zufrieden hinterher. Er hatte diesen Bastard ganz richtig eingeschätzt. Hielt ihn dieser Penner für wirklich so blöd, seine Druckmittel, das Geld und die Speicherkarte mit den Fotos, einfach so ohne Quittung herauszugeben? Es war wirklich belustigend für Max.

Nachdem Herr Ebert am Horizont verschwunden war, fuhr Max mit dem Fahrstuhl wieder nach oben, es gab heute noch ein paar Dinge zutun. Zum Einen durfte Paramo vom Verhörzimmer in die Untersuchungshaftzelle umziehen. Sie hatten diese Woche schon einige Gäste, die Zelle war kaum einen Tag leer. Wie im Hotel, lass kein Bett zulange leer. Zum Anderen musste er überwachen, ob die Vorbereitungen für seine geplante Aktion gut liefen.

Abgetaucht

Kapitel 13

Es war spät geworden, so spät wie lange nicht mehr. Er konnte sich nicht erinnern, wann er das letzte Mal noch im Büro war, als die Sonne sich schon längst schlafen gelegt hatte. Aber es war schließlich der Vorabend seines letzten Tages und die geplante Aktion sollte ein Erfolg werden. Außerdem war das Büro, zum Warten auf den Anruf, oder besser gesagt, die Anrufe, ein Platz, so gut wie jeder Andere. Er blätterte in seiner Zeitung, wobei ihn kein Artikel wirklich interessierte. Er dachte an Paramo, der jetzt in einer gemütlichen Zelle saß. Dann kam ein Gedanke an Herrn Ebert und Max musste wieder Lächeln.
Dem hatte er es wirklich gezeigt und das zu Recht! Obwohl er vermutlich keinen Dank dafür bekommen würde. Er musste sich bedeckt halten, da sein Vorgehen nicht ganz im Einklang mit seinen Vorschriften stand.
Das Smartphone klingelte und Max nahm den Anruf erwartungsvoll an, es war ein Kollege aus Team 1.
"Max, die Zielperson ist gerade ins Auto gestiegen und losgefahren."

"Gut, hängt euch dran, aber unauffällig!", Max legte auf. Er vermutete, dass gleich ein zweiter Anruf kommen würde.

Es verging keine Minute, bis es wieder klingelte. Diesmal war es ein Kollege aus Team 2, das Gespräch hatte den gleichen Inhalt wie das Erste, fast Wort für Wort. Max beendete es und war gespannt, ob alles so weiterlaufen würde, wie er es eingeschätzt hatte. Bislang war alles eingetreten, wie von ihm erwartet.

In wohliger Vorfreude legte er seine Füße auf den Schreibtisch und nahm wieder die Zeitung zur Hand, als er wieder einmal etwas vom Flur vernahm.

"SCHNEIDER!" Unverkennbar Dr. Mutzvink. Ungewöhnlich, dass der um diese Zeit noch hier war. Die Tür wurde aufgerissen und der zornesrote Kopf von seinem Chef erschien.

"Was gibt es, Schmutzfink?"

"Stellen Sie sich nicht dümmer, als Sie sind, das klappt nicht! Was soll diese total bescheuerte Aktion schon wieder?

Heute Mittag waren Sie noch überzeugt, dass Frank Paramo der Täter ist, also warum haben Sie 3 Zweierteams rausgeschickt und eine Spezial-Bergungseinheit angefordert?"

"Das war notwendig", war die lapidare
Antwort von Max,
während er gelangweilt in seiner Zeitung las.
"Wollen Sie mich ins Grab bringen? Oder
soviel Steuergelder verbraten wie möglich, bis
Sie sich morgen endlich von hier verpissen?"
"Was die richtigen Verwendungsmöglichkeiten
für Steuergelder angeht, habe ich nicht die
größte Erfahrung. Sagen Sie's mir, Chef.
Die Anschaffung des neuen Fuhrparks mit
BMWs und Mercedes, für die Chefetage im
letzten Monat, war sicherlich notwendig, nicht
wahr?"
Dr. Mutzvink vibrierte vor Zorn.
"Versuchen Sie nicht abzulenken, Schneider!
Außerdem war das vom Innenministerium in
Auftrag gegeben und abgesegnet."
"Und wer hat den Vorschlag eingebracht, dass
wir überhaupt neue Wagen brauchen, oder dass
es die neuesten Modelle mit allen Extras sein
müssen?"
Die Wut seines Chefs schien sich noch zu
steigern, falls das überhaupt möglich war.
"Ich diskutiere nicht mit Ihnen darüber, das
geht Sie einen Dreck an!"
"Ja, natürlich, solche Dinge entscheiden die
sogenannten Großen lieber unter sich und
hinter verschlossenen Türen, damit das
gemeine Volk nicht

irgendwann aufsteht und die großen Tiere lyncht, die sich so maßlos bedienen."

"Ich sollte Sie suspendieren, verdammt! Diese ständigen Unverschämtheiten habe ich schon lange satt! Bisher hat Sie Ihre Erfolgsquote gerettet, aber wie Sie gemerkt haben, konnte ich Sie trotzdem mühelos kündigen."

"Eben. Denken Sie, es rentiert sich noch, mich für nicht mal 24 Stunden zu suspendieren? Naja, ok, Sie denken ja auch, dass es sich lohnt, in jeden Arsch zu kriechen, der über Ihrem Kopf auftaucht, nur auf die vage Hoffnung hin, befördert oder belobigt zu werden."

"Es reicht! Sie haben den Bogen endgültig überspannt! Diesmal liegen Sie ganz offensichtlich total daneben, Sie haben in diesem Fall versagt, also habe ich für Ihr eigenmächtiges Handeln keinerlei Verständnis übrig. Und damit Sie es wissen, hiermit suspendiere ich-" In diesem Moment klingelte das Smartphone von Max. Mit einer Handbewegung gebot er Dr. Mutzvink still zu sein, woraufhin dieser ihn noch wütender anglotzte.

"Schneider", meldete sich Max.

Es war Team 3. Er lauschte einige Sekunden, wobei freudige Zuckungen um seine Mundwinkel zu sehen waren.

"Gut, dranbleiben und wenn er hineingeht hinterher, unauffällig, aber vorher", Max blickte Dr. Mutzvink mit einem Siegeslächeln an, "wiederholen Sie noch einmal alles, was Sie mir gerade gesagt haben."

Mit diesen Worten gab Max sein Mobiltelefon an Dr. Mutzvink, der es irritiert entgegennahm und an sein Ohr hielt.

"Es ist total verrückt. Wir stehen hier gegenüber von Paramo's Wasserparadies. Es ist gerade ein neuer Taucher aufgetaucht!" Mutzvink ließ die Hand mit dem Telefon langsam sinken, während Max ihn triumphierend ansah.

Max saß in seinem Wagen und fuhr zügig Richtung Paramo's Fabrik. Er hatte fast das Gefühl, zu fliegen. Nach den 3 Anrufen, die er im Büro bekommen hatte, war er sich nun sicher, den richtigen Riecher gehabt zu haben. Jetzt musste er nur noch den Elfmeter verwandeln, oder passender, die Schäfchen ins Trockene bringen. Auf dem Weg zu seinem Auto hatte er bei der Spezial-Bergungseinheit angerufen und ihnen mitgeteilt, dass sie sich unverzüglich zu Paramo's Wasserparadies begeben sollten. Sein Gefühl sagte ihm, dass es dort Arbeit für sie gab.

Es war nur noch ein knapper Kilometer bis Max dort ankam, also rief er nochmals das Team an, das er bei der Fabrik positioniert hatte. Ihm wurde mitgeteilt, dass sich zu dem Taucher noch eine zweite Person gesellt hatte und sich Beide bereits auf dem Fabrikgelände befanden. Die Beamten hielten Abstand und beobachteten, während sie auf die Verstärkung, in Form von Max und den beiden anderen Teams, warteten. Die Bergungseinheit würde erst ein wenig später eintreffen, aber das sollte nichts ausmachen.

Max stellte seinen Wagen hinter dem, der verdeckten Ermittler, ab und stieg leise aus. Während er sich im Schatten eines Baumes langsam vorwärts bewegte, kam ihm das Gesicht von Dr. Mutzvink ins Gedächtnis zurück, es war unbezahlbar!

Kaum war Max am Firmentor angekommen, hielten 2 weitere Fahrzeuge hinter seinem Wagen an, es waren Team 1 und 2.

"Ihr habt euch ganz schön Zeit gelassen", merkte Max an, als sie sich zu ihm gesellten.

"Wir sollten ja nicht zu dicht ran, um nicht aufzufallen, also haben wir, nachdem die hier gehalten haben, noch eine

Ehrenrunde um den Block gedreht." Das war in Ordnung, Max wäre wohl nur ein paar Meter weitergefahren und hätte dann gehalten, aber man konnte auch auf Nummer sicher gehen.

Nun gingen sie zu Fünft weiter, sie traten durch das offene Firmentor und stießen zu den beiden Kollegen, die im Schatten einer Hecke auf der Lauer lagen.

"Wie sieht es aus, Kollegen?", flüsterte Max.

"Die beiden Figuren sind schnurstracks auf die Wassertanks zugelaufen, sie machen sich gerade an dem Schließmechanismus der Leiter von einem Tank zu schaffen."

Die Metallleitern waren mit einer Metallabdeckung gesichert, so dass man nicht einfach hinaufklettern konnte.

Ein Schutz für Kinder und geistig Verwirrte, die sich kein Hochhaus suchen oder keine Brücke nehmen wollten, um ihrem Leben ein Ende zu setzen.

Der Kollege übergab ihm ein kleines Fernglas mit Nachtsichtfunktion, die bei dem Zwielicht hier im Hof, von einer einsamen Glühbirne an der Lagerhalle, auch notwendig war und überzeugte sich selbst davon. Genau wie er vermutet hatte, es war der mittlere, vordere Tank, mit dem Mango-Pisswasser.

Es waren ebenso die 2 Personen, die er erwartet hatte, wobei die eine Gestalt schwer zu erkennen war, dank der Taucherbrille. Nach wenigen Sekunden hatten sie die Leiter freigelegt.

"OK, ich denke wir können eingreifen." Mit diesen Worten traten Max und die übrigen 6 Polizisten aus dem Schatten der Hecke und liefen mit schnellem Schritt auf die Wassertanks zu. Ihre Taschenlampen hatten sie auf den Boden gerichtet, um die Beiden nicht vorzuwarnen. Die Kollegen von Max zogen sich in die Breite und verlagerten sich in einen Halbkreis zu den Wassertanks, während Max mittig lief und sich schon auf die Konfrontation freute. Bislang hatte sie niemand bemerkt.

Als es nur noch wenige Meter waren, wurden die Taschenlampen aufgerichtet und Max legte los: "Schönen guten Abend, die Herren! Ich fürchte, ich muss Sie Beide bitten, uns einige Fragen zu beantworten."

Die Beiden zuckten vor Schreck zusammen, dann wirbelten sie herum und erkannten den Kommissar. Max hätte beinahe aufgelacht, es war anscheinend derselbe Taucheranzug, den Lennard Meyer getragen hatte.

Anfangs verharrten sie, doch einen Moment

später wandten sie sich ab und flüchteten, besser gesagt, Einer flüchtete.

Die Bewegungen, die der Typ in dem Taucheranzug an den Tag legte, erinnerten eher an das Watscheln einer Ente, was möglicherweise an den Schwimmflossen lag, die er an den Füßen trug. Max ging relativ gemächlich hinter ihm her, es kostete keine Mühe ihn einzuholen. Mit dem zweiten Mann hatten die Kollegen etwas mehr Arbeit, aber auch dieser kam nicht besonders weit.

Kurz vor der Lagerhalle hatten ihn 3 Beamte gepackt und zerrten ihn wieder Richtung Wassertank.

Max winkte einen Kollegen weg, der ihm helfen wollte den Taucher zu packen, aber dazu brauchte man keinen zweiten Mann. Mittlerweile ging Max links neben ihm her und vernahm ein hastiges Atmen durch den Mund, klar, denn die Nase war ja gut verpackt in der Taucherbrille. Er trat auf eine seiner Flossen, was zu einem Sturz führte.

Die Brille brach, schützte aber sein Gesicht und es lösten sich keine Scherben, wohl doch gute Plastikware. Max packte ihn am Kragen und zog ihn hoch, der Typ wog nicht besonders viel.

Er zog ihm die Taucherbrille samt befestigtem Schnorchel vom Kopf, dabei stieß dieser, der bis eben neben dem Gesicht gebaumelt hatte, an die Nase und er zuckte wieder zusammen.

"Na na Ricky, nicht so empfindlich. Für jemanden, der Leichen in Badewannen umlegt, bist du ziemlich schreckhaft."

Ehe Ricky etwas erwidern konnte, kamen auch schon die Kollegen mit dem zweiten Mann an, Micky.

"Sag gar nichts! Die haben keine Beweise!" Micky schien der Boss zu sein, oder zumindest hielt er sich dafür.

Max wollte gerade einen seiner trockenen Sprüche bringen, als er Schritte hinter sich hörte. Es waren die Jungs von der Bergungseinheit, einer war, wie von Max angeordnet, in voller Schwimmmontur.

'Der dritte Taucher hier auf dem Gelände, langsam wird die Sache wirklich zur Komödie', dachte sich Max gut gelaunt.

"Ihr kommt gerade richtig! Der mittlere Tank hier vorne, steigt rein und sucht das Ding gründlich ab und dann sagt mir bescheid!" Max drehte sich wieder zu Micky und grinste ihn böse an. "Ich denke, in nicht allzu langer Zeit haben wir die Beweise."

Extrem DIVING

107

Kapitel 14

Es ging mitterlweile stramm auf 12 Uhr nachts zu, aber es war noch kein Ende abzusehen, da die Bergungseinheit immer noch an dem Wassertank zugange war. Max hingegen saß im Trockenen, in der Lagerhalle von Paramo's Wasserparadies und war dabei, die neuen, beiden Hauptverdächtigen zu verhören.

"Also, erzählt mir eure Version." Max saß recht bequem auf einem alten Holzstuhl, der hier zufällig stand. Micky und Ricky hingegen saßen auf 2 Getränkekisten und hatten die Hände auf dem Rücken mit Handschellen gefesselt. Offenbar hatten sie keine große Lust etwas zu sagen.

"Na, kommt schon, das ist doch nun wirklich nicht so schwierig."

"Vergessen Sie's! Nach der miesen Nummer die sie abgezogen haben, sagen wir gar nichts!" Micky schien die Lage immer noch nicht wirklich realisiert zu haben. Miese Nummer? Wenn die Beiden so blöd waren, auf so einen Trick hereinzufallen, waren sie schließlich selber schuld.

108

Max hatte am Nachmittag bei Beiden angerufen und ihnen mitgeteilt, dass sie am nächsten Tag nicht zu Arbeit gehen mussten, da die Fabrik geschlossen und gründlich durchsucht werden würde, da ihr Chef, Frank Paramo, verdächtigt wird etwas mit dem Tod von Lennard Meyer zutun zu haben.

Die Beiden hatten natürlich Panik bekommen und waren Max in die Falle gegangen. Er ließ die Beiden überwachen und sie kamen natürlich hierher, um ihre Spuren zu verwischen. Welcher Art diese Spuren waren, da tappte Max noch im Dunkeln, aber er würde seinen Job darauf verwetten, dass sie in dem Tank mit der Mango-Brühe fündig wurden, schließlich war Lennard, allem Anschein nach, darin ertrunken.

"Ihr kapiert wohl nicht wirklich, worauf das hinausläuft, oder? Sobald der Tank durchsucht ist und wir etwas gefunden haben, und verlasst euch darauf, wir werden etwas finden, bringt euch kein Geständnis mehr etwas. Solange ihr auspackt, während wir noch suchen, habt ihr dabei geholfen, den Fall aufzuklären und so etwas wirkt sich strafmildernd aus." Das stimmte zwar nicht ganz, aber immerhin schien es den Beiden die Zunge zu lösen, zumindest blickten sie ihn mit etwas offeneren Augen an.

"Ähm, was könnten Sie uns denn für eine mildere Strafe anbieten?", wollte Ricky zaghaft wissen.

"Kommt ganz darauf an, wie viel ihr mir erzählt und natürlich, wer mir mehr erzählt..." Das wirkte.

"Gut, ok, wir packen aus!", kam es von Micky. "Ich sage Ihnen alles, was Sie wissen wollen!"

"Hey, ich erzähl's ihm!", mischte sich Ricky ein.

"Ich habe vorhin schon gesagt, du hältst die Klappe!", zischte Micky.

Max rieb sich die Schläfen, diese Beiden waren wirklich dümmer wie Scheiße. Er gab sich das kindische Gezanke noch ein paar Sekunden, ehe er dazwischen fuhr.

"Hey! Machen wir`s doch einfach so, jeder kriegt 10 Sekunden Redezeit und Ricky macht jetzt den Anfang!"

"Also, das war so Herr Kommissar, wir wollten die Sache heute zu Ende bringen, die wir am Sonntag angefangen hatten..." Max gebot Ricky mit erhobener Hand, still zu sein und deute auf Micky.

"... weil Sie ja gesagt haben, dass Sie morgen die ganze Firma auf den Kopf stellen wollten. Und die Sache mit Lenny..." Wieder das Handzeichen von Max und das Signal an Ricky.

"... ist echt dumm gelaufen, echt dumm, armer Lenny... Er ist in dem Taucheranzug in den Bottich hineingestiegen, wir haben sogar..."

"... ein Sicherheitsseil um ihn herumgebunden, damit wir ihn, falls etwas schiefgeht, herausziehen können, aber dann hat sich das..."

"... verdammte Seil irgendwo verklemmt, er kam nicht mehr hoch und wir konnten ihn auch nicht herausziehen. Nach ein paar Minuten oder so..."

"... hat er sich nicht mehr gerührt. Das Seil hat sich dann wohl gelöst und wir haben ihn herausgezogen, aber er war schon tot, armer..."

"... Lenny, das hatte er echt nicht verdient..."

Max war beeindruckt. Wer sagte denn, dass man Affen keine neuen Tricks beibringen konnte?

"OK Jungs, das lief doch sehr gut! Kommen wir nun zur Aktion mit der Badewanne. Fangen wir jetzt mit Micky an.

"Als wir ihn dann draußen hatten, haben wir überlegt, was wir jetzt tun sollen. Polizei rufen fiel da raus, weil die hätten so viele..."

"... Fragen gestellt und wir konnten ja schlecht sagen, dass wir in dem Wassertank tauchen waren. Also haben wir uns gedacht, wir..."

"... legen ihn in seine Badewanne, damit es aussieht, als wäre er da ertrunken.

Wir haben ihn also an dem Seil heruntergelassen..."

"... und ihn in den Kofferraum von meinem Wagen gelegt. Wir sind zu seiner Wohnung gefahren und sind in seine Wohnung..."

"... haben die Badewanne voll gemacht und ihn hochgetragen. Wir haben nur zu viel Wasser hereingelassen, als er dann drin war..."

"... ist eine Menge Wasser heraus geschwappt. Und als wir versucht haben, ihm den Taucheranzug auszuziehen, ist noch mehr über den Rand..."

"... Weil der Reißverschluss verklemmt war. Das verdammte Ding ging nicht einmal bis zur Hälfte auf..." Das hatte Max auch bemerkt. Als er den Taucheranzug untersucht hatte, fiel ihm gleich auf, dass der Reißverschluss etwa ein Drittel geöffnet was und er ließ sich nicht weiter öffnen, allerdings konnte man ihn mühelos komplett schließen.

Dadurch war sich Max im Grunde sicher, dass er nicht nach seinem Tod hineingesteckt wurde.

"Nur eine Zwischenfrage: Warum habt Ihr nicht hier bei der Firma versucht, ihn auszupacken?"

"Da haben wir bei der ganzen Aufregung nicht daran gedacht", gab Ricky an. Das war logisch, schließlich war gerade ihr Freund gestorben.

"OK, also weiter Micky."

"Ja, als wir gemerkt haben, dass wir den Reißverschluss nicht aufkriegen, wollten wir ihn rausschneiden, aber wir haben keine Schere gefunden, also..."

"... wollten wir eine bei mir zuhause holen, haben aber vorher noch schnell einen durchgezogen, zur Beruhigung, und sind dann..."

"... auf die Bullenkutsche, äh, das Polizeiauto drauf gefahren. Und dann waren wir im Knast." Soweit ergab das Alles Sinn, nur eine Sache verstand Max noch nicht ganz.

"Warum habt Ihr nicht einfach ein Messer aus seiner Küche genommen?"

Micky und Ricky starrten sich entgeistert an, als hätte ihnen gerade jemand die Welt erklärt. Ein "Shit" von Ricky und ein "Fuck" von Micky zeigten Max, dass er wirklich an 2 Intelligenzbestien geraten war.

"OK, soviel dazu... Jetzt interessiert mich natürlich brennend, was Ihr da drin deponiert habt."

Mit einem Mal schienen die Beiden ihre
Sprache wieder verloren zu haben, sie wanden
die Köpfe und versuchten, Max nicht direkt
anzusehen. 'Geht das schon wieder los...'
"Jungs, ich glaube, Ihr habt die Sache immer
noch nicht kapiert, ein Geständnis bringt nur
etwas, wenn es umfassend ist."
Nun starrten sie ihn verständnislos an.
'Herrgott nochmal!'
"Wenn Ihr alles sagt, nichts weg lasst und
nichts dazu erfindet!" Wie viel hatten diese
Deppen nur schon wieder gekifft?
Sie begriffen anscheinend langsam, sehr
langsam, aber keiner der Beiden wollte wieder
anfangen zu reden.
Als Max sich schon überlegte, welche
Drohungen er ihnen entgegen schleudern
konnte, klopfte es plötzlich an der Tür und
einer der Kollegen vom Bergungsteam trat
herein.
"Max, wir haben da etwas!", sagte er, winkte
Max zu sich und flüsterte ihm etwas zu.
"Sehr interessant! Ich sehe mir das gleich
einmal an." Er bedeutete den beiden Beamten,
die sich bislang im Hintergrund gehalten
hatten, ein Auge auf die Verdächtigen zu
haben.

Max wollte durch die Tür gehen, doch als Micky und Ricky das sahen, sprangen sie auf und wurden von den Polizisten festgehalten.
"Herr Kommissar, warten Sie, wir sagen es Ihnen ja!", kam Ricky aus der Reserve.
"Zu spät Jungs!", rief er ihnen über die Schulter zu. "Ich komme wieder, wenn ich weitere Fragen habe." Damit war er durch die Tür.
Max ging in Richtung der Wassertanks, er war sehr neugierig auf den Fund, auch wenn ihm schon gesagt wurde, worum es sich handelte. Als er dort ankam, sah er, wie der Gegenstand an einem Seil heruntergelassen wurde.
Er beschleunigte seinen Schritt und kam neben der Tasche zum Stehen. Er hatte schon einmal eine ähnliche Tasche gesehen, aber er kam noch nicht darauf, wo.
Max ging in die Hocke und zog sich ein Paar Einweghandschuhe über. Auch, wenn er davon ausging, dass an der Tasche, die einige Zeit im Wasser lag, keinerlei Spuren zu sichern waren. Aber eventuell am Inhalt.
Er zog den Reisverschluss langsam auf, den die Kollegen wieder zugezogen hatten, bevor sie die Tasche heruntergelassen hatten. Den durchnässten Stoff drückte er zur Seite und der Inhalt kam zum Vorschein.

115

Max griff nach einem der Zipp-Beutel, der mit Geldscheinbündeln prall gefüllt war. 50er, 100er, 200er und sogar 500er. Der nächste Zipp-Beutel enthielt lose Scheine: 5er, 10er und 20er. Max leerte die Tasche weiter, es waren insgesamt 4 Zipp-Beutel. Unter Diesen kam ein Haufen Kieselsteine zum Vorschein, wohl um die Tasche zu beschweren und in dem Wassertank zu versenken. 'Gar nicht mal so dumm... im Gegensatz zu allem Anderen was die Drei abgezogen haben.'
Max dachte nach, eine Frage ließ ihm noch keine Ruhe: Woher hatten diese 3 Wasserplanscher soviel Geld? 'Das müssen mehrere 10000 Euro sein, die kommen bestimmt nicht von einer Erpressung, wie die von dem Ebert. Und gespart werden es die Drei erst recht nicht haben, sonst läge das Geld auf der Bank und nicht... Moment!' Max öffnete einen der Beutel mit den Bündeln und sah sich die Banderolen an, ehe er noch einen Blick auf das Etikett der Tasche warf. Ein Blitz traf sein Gehirn und die Hintergründe breiteten sich vor seinem geistigen Auge aus. Jetzt hatte er es!
Max wandte sich an einen seiner Kollegen. "Lasst diese Kohle zählen, ich habe schon eine Vermutung, wie viel das sein wird." Er stand wieder auf und lief Richtung Lagerhalle.

Er riss die Tür auf und rief Micky und Ricky einen Namen zu. Erst zuckten sie erschrocken zusammen, dann sahen sie ihn erschrocken an, ehe Beide gleichzeitig, "Ja, aber woher...", stammeln konnten, ehe Max wieder verschwand und zu seinem Auto lief.

Jetzt war die Sache klar, aber das musste er nicht mehr heute erledigen, der neue Verdächtige lief ihnen nicht weg, da war er sich sicher.

Also würde Max noch schnell eine Sache erledigen und sich dann schlafen legen.

Morgen würde ein ereignisreicher Tag, nicht nur wegen seiner Kündigung.

Er schloss seinen Wagen auf, schnappte sich eine Mappe und ging zum Gebäude, in dem Paramo's Büro gelegen war. Er öffnete mit Frank's Schlüsselbund alle Türen, die ihn im Weg waren und tat was er vorhatte, ehe er wieder zu seinem Wagen ging und nach Hause fuhr. Vorher gab er noch die Anweisung, die beiden Kiffer-Kumpels in eine Zelle zu stecken.

Kapitel 15

Nach einer kurzen Nacht und einem nicht sonderlich ausgewogenen Frühstück, kam Max in seinem Büro an. Er nahm sein Telefon zur Hand und wählte eine Nummer. Als sich ein Kollege meldete, gab er Anweisung, die 3 Verhörzimmer füllen zu lassen. Ihm wurde gesagt, dass es in 15 Minuten erledigt wäre. 'Sehr gut!' Max fühlte sich beschwingt, wenn auch etwas flau im Magen, wohl weil es sein potenzieller letzter Arbeitstag war.

Max machte sich gemütlich auf den Weg in den Keller. Ihm liefen einige Kollegen über den Weg, die ihn allesamt freundlich grüßten. 'Seltsam', dachte er sich. 'Sonst grüßen mich nicht einmal die Hälfte der Anderen...'

Könnte daran liegen, dass es sein letzter Arbeitstag werden sollte. Es hatte sich, seit er es Thomas von der Asservatenkammer erzählt hatte, wie ein Lauffeuer verbreitet.

Als er im Keller ankam, waren 10 Minuten vergangen. Also lümmelte er vor der Gerichtsmedizin herum, ehe er sich entschloss, doch hineinzugehen. 'Ist ja vielleicht das letzte Mal...'

"Hey Doc, na wie geht`s ?"

"Max! Freut mich, dich zu sehen!"

"Du meinst, bevor ich für immer verschwinde?"

"Ach komm Max, vielleicht wird Dr. Mutzvink doch noch vernünftig..."

Die Beiden sahen sich an und begannen zu lachen.

"Ach, vergiss es Doc. Ich werd schon zurechtkommen. Vielleicht mache ich ein Detektivbüro auf..."

"Ernsthaft?"

"Naja, wer weiß? 'Max Schneider, Privatdetektiv. Ihre Probleme sind mein Geschäft', klingt doch gar nicht schlecht, oder?"

"Hört sich interessant an, aber du bist nicht dafür gemacht, mit Menschen umzugehen und ihnen Vertrauen zu vermitteln."

"Da hast du Recht. Sehen wir, was sich sonst so ergibt."

"Lass dich doch zum Gerichtsmedizinerassistenten umschulen, ich brauche hier unten immer Hilfe.

"Er grinste Max mit einem Zwinkern an.

"Ich und du, hier unten, den ganzen Tag? Nee, danke alter Junge...", Max winkte ab.

"War auch nur ein Vorschlag."

Max sah auf sein Handy, die 15 Minuten
waren fast vorbei, also verabschiedete er sich
und machte sich auf den Weg zu den
Verhörzimmern. Vor Jedem stand ein
uniformierter Kollege, was bedeutete, dass
seine Interview-Partner bereits drin waren.
Er erkundigte sich, wer in welchem Raum saß,
und nahm zuerst Tür Nummer 1.
"Guten Morgen Frank, na wie geht es uns
heute?", Max klang gut aufgelegt.
"Und, was wird es heute? Die selben,
sinnlosen Fragen wie gestern?", fragte Frank
resignierend.
"Hehe, nein, heute nicht, ich wollte Ihnen nur
mitteilen, dass Sie entlassen werden."
Frank starrte Max ungläubig an, vermutlich
fragte er sich, ob Max ihn nur wieder
verarschen wollte. "Ich kann also...", begann
Frank.
"... Ihren Arsch hochheben, durch die Tür
gehen und im Nirwana verschwinden.",
beendet Max den Satz von Frank.
Ein verhaltenes Lächeln huschte über Frank's
Gesicht und die Erleichterung stand ihm ins
Gesicht geschrieben. "Und die Sache, die Sie
gestern..."
"Sollte keine Probleme bereiten, im
Normalfall..."

Mit diesen Worten bedeutete ihm Max, dass er gehen sollte und Frank ließ sich das nicht zweimal sagen.

Als Max kurz nach Frank aus dem Zimmer trat, kam ihnen Dr. Mutzvink entgegen.

"Schneider! Ich habe eben die Entlassungsmitteilung für Frank Paramo auf meinem Schreibtisch gesehen. Waren Sie nicht gestern noch überzeugt, er wäre der Täter?", Mutzvink's Stimme triefte vor Häme.

"Ich habe nie gesagt, dass er der Täter ist, er war ein Verdächtiger und ist es nicht mehr."

"Soviel zu Ihrem Instinkt..." Und an Frank gewandt: "Falls Sie vorhaben, Strafanzeige gegen Herrn Schneider zu stellen, wegen falscher Verdächtigung und übertriebener Härte bei der Verhaftung, ich werde Sie gerne dabei unterstützen, Herr Paramo!"

Kurz sah Max in den Augen des Wasserfabrikanten so etwas wie Zustimmung, doch nach einem Blick auf Max sagte er: "Ich denke, das wird nicht notwendig sein, Herr Schneider hat... nur seine Arbeit gemacht und ich... muss wohl zugeben, dass ich kurz vor der Verhaftung etwas... aggressiv gewirkt habe..."

Mutzvink starrte ungläubig zuerst auf Paramo, dann auf Max. "Also gut, wenn Sie das sagen..."

Es schmeckte ihm nicht, aber er konnte nichts weiter tun. Paramo verzog sich.

"Und hat diese hanebüchene Aktion gestern nun endlich dazu geführt, dass Sie den wahren Täter verhaftet haben?"

"Nein."

"Wie "NEIN"? War das gestern also wieder für den... Was denken Sie sich eigentlich, Schneider? Laut dem Telefonat ist gestern bei Paramo's Fabrik ein zweiter Taucher aufgekreuzt!"

"Ja, aber das war nicht der Drahtzieher."

"Sie machen mich fertig Schneider", jammerte Dr. Mutzvink und mit einem bösen Lächeln schob er nach: "Aber nicht mehr lange..."

Dann verschwand er, zum Glück.

Max wischte den Gedanken an einen glücklichen Dr. Mutzvink beiseite, das machte ihn nur wütend. Er machte sich auf den Weg zu Tür Nummer 3.

"Guten Morgen, Roy! Na, wie fühlen wir uns denn heute?" Max' fröhliche Begrüßung schien "Roy" zu verwirren.

"Guten Morgen. Was kann ich nun wieder für Sie tun, Herr Kommissar? Wollen Sie mir wieder sagen, dass Sie meine Komplizen hier im Revier haben und die auspacken wollen?", Roy schmunzelte.

"Ich wollte Sie nur etwas fragen, und zwar, wissen Sie noch, welchen Spitznamen wir Ihnen gegeben hatten?"

"Ja, Red-Roy. War sehr amüsant für mich."

"Hm, für uns auch. Und wie wir darauf gekommen sind, ist Ihnen auch noch im Gedächtnis?"

"Ja, durch die Taschen die ich benutzt habe, von der Marke Red-Bag, warum fragen Sie mich danach?" Roy verstand nicht, worauf Max hinaus wollte.

"Ach, wissen Sie, ich habe mich nur gefragt, ob Sie Ihre Beute immer in diesen Taschen transportiert und gelagert haben..."

Roy kniff die Augen zusammen.

"Was wollen Sie eigentlich von mir?"

"Im Grunde, will ich Ihnen nur einen Tipp geben: Sollten Sie jemals wieder aus dem Gefängnis herauskommen und wieder ein paar Raubzüge planen, suchen Sie sich bessere Komplizen, als 3 verblödete Kiffer."

Das blanke Entsetzen stand Roy ins Gesicht geschrieben, als die Erkenntnis in sein Bewusstsein drang, dass der Kommissar von Lenny, Ricky und Micky sprach.

Diese Idioten hatten sich erwischen lassen!

"Tja, Roy, damit ist deine Geschichte beendet!" Max verließ, zufrieden grinsend, Verhörraum Nummer 3 und begab sich zu Nummer 2.

"Herr Kommissar, wie geht`s Ihnen? Waren Sie schon bei Roy?" Micky war ziemlich neugierig heute, lag vielleicht am THC-Entzug.

"Ja, er war wohl etwas überrascht."

"Ich hoffe, er ist nicht allzu sauer auf uns...", warf Ricky ein.

"Kann ich im Moment noch nicht beurteilen, aber es dürfte seine Wut auf euch schon mildern, dass er so oder so eingefahren wäre. Nur jetzt wartet nach seiner Knastzeit keine Kohle mehr auf ihn."

"Also mich würde das sauer machen...", meinte Micky.

"Wie dem auch sei, machen wir einmal weiter. Eine Sache geht mir noch nicht in den Kopf: Warum habt Ihr Geld für Dope gebraucht? Und warum hat Lenny Ebert erpresst, wenn Ihr die Geldtasche hattet?"

"Tja, die lag da schon im Tank, außerdem hat Roy gemeint, wir dürfen bloß nichts davon ausgeben. Das Geld muss erst gewaschen werden." Micky machte ein trauriges Gesicht.

'Aja, und deswegen habt Ihr es in den Wassertank getan', dachte Max und grinste. Ricky machte weiter. "Wir dachten ja auch, das ist übervorsichtig, aber Roy sagte irgendetwas von Nummern die

durchlaufen und verfolgt werden können..."
'Gar nicht so dumm von Roy.' "Also kann man festhalten: Ihr solltet das Geld verstecken, bis Roy wieder aus dem Knast kommt, oder zumindest, bis etwas Gras über die Banküberfälle gewachsen wäre.
Wie habt Ihr euch eigentlich kennengelernt?"
"Er hat seinen Stoff beim selben Dealer gekauft wie wir und irgendwann sind wir einmal ins Gespräch gekommen.
Nach einer Weile haben wir uns auch privat getroffen und er hat Lenny, Micky und mich gefragt, ob wir schnell viel Geld machen wollen und wir wollten natürlich..."
"Nächste Frage: Warum wolltet Ihr die Tasche herausholen? Als Lenny ertrunken ist, war euch doch noch niemand auf die Schliche gekommen..."
"Weil der Wassertank diese Woche wieder in Betrieb genommen werden sollte , vorher war er aus irgendeinem Grund stillgelegt. Also dachten wir, das wäre ein perfektes Versteck. Als dann der Chef ankam und meinte, ab Montag laufen wieder alle Tanks, dachten wir, wenn sich das Ding irgendwo reinhängt, wird der Tank kontrolliert und die Tasche gefunden..." Ricky machte ein hilfloses Gesicht.

"Gut, dann hat sich das auch erledigt. Aber eine Sache müsst Ihr mir noch erklären: Als Lenny mit dem Taucheranzug in den Tank gesprungen ist, habt Ihr ihm ein Sicherungsseil umgebunden, warum habt Ihr kein Seil an die Tasche gemacht und sie später einfach wieder hochgezogen?"
Die Beiden sahen sich, wie am Vortag, an und ihr Gesichtsausdruck schien ihre Worte von gestern zu wiederholen: Fuck und Shit...

Abgetaucht

Kapitel 16

Die Verhöre und Feststellungen waren beendet, der Fall gelöst und Max zufrieden. Zumindest was diesen Teil des Tages anging. Noch stand ihm der letzte Gang bevor, wenn er seine Sachen packen und verschwinden musste, aber bis dahin war noch ein wenig Zeit.

Roy wurde, unter heftigen Schimpftiraden Richtung Micky und Ricky, zurück in seine Zelle gebracht. Die beiden Kiffer im Geiste wurden zur psychologischen Begutachtung verfrachtet, um zu prüfen, ob sie überhaupt zurechnungsfähig waren, was Max stark bezweifelte. Eventuell kamen sie durch ihre Kifferei sogar glimpflich davon.

Aber einfahren würden sie so oder so, ob in den Knast oder in eine psychotherapeutische Einrichtung.

Nun war es an Max, seinen vielleicht letzten Bericht zu schreiben. An einigen Stellen musste er unwillkürlich schmunzeln. Roy hatte wirklich an Vieles gedacht, aber die Original-Bank-Banderolen an dem Geld zu lassen war nicht gerade klug.

Dazu immer die gleiche Art Tasche von Red-Bag zu benutzen, machte es Max leicht, die richtigen Schlüsse zu ziehen. Und als er schrieb, dass Micky und Ricky denselben Taucheranzug wie Lenny gekauft hatten, und das sogar im selben Geschäft, da musste er auflachen. Es war wirklich ein erheiternder Fall, der nun zu Ende war.

Als der Bericht fertig war, machte sich Max an einen Entwurf für seine E-Mail, die er heute noch abschicken wollte. Er lud ein paar Anhänge hoch und suchte nach den richtigen Worten, um der E-Mail das nötige Gewicht zu verleihen.

Als er die letzten Worte in die E-Mail eingetippt hatte, klopfte es an seiner Tür.

Nach seinem "Herein", trat ein sichtlich fröhlicher Heinzelmeier in sein Büro.

"Ah, der gute Hausmeister! Was kann ich für Sie tun?"

"G-guten T-tag Herr Sch-schneider! Ich w-wollte I-ihnen nur e-etwas g-geben."

Mit diesen Worten legte Herr Heinzelmeier einen offenen Briefumschlag auf Max' Schreibtisch.

Max sah den Hausmeister fragend an, doch dieser lächelte nur freundlich und verabschiedete sich.

Er nahm den Umschlag und zog ein gefaltetes DIN-A-4-Blatt heraus, das handschriftlich beschrieben war.
Irritiert begann Max zu lesen:

Als Herr Heinzelmeier an diesem Morgen erwachte und kurz darauf die Türklingel hörte, dachte er zuerst, er hätte das nur geträumt, doch als es abermals klingelte, stand er auf und öffnete. Zu seinem Erstaunen stand ein sichtlich nervöser, aber im Vergleich zu sonst, äußerst freundlicher Herr Ebert in der Tür, der Herrn Heinzelmeier darüber informierte, dass in der nächsten Woche die Wasserleitungen erneuert werden sollten. Ebenso fragte Herr Ebert, was, nach Meinung des Hausmeisters, nach den Wasserleitungen am Wichtigsten wäre zu erneuern.
Herr Heinzelmeier gab überrascht seine Vorschläge an, natürlich mit dem Hintergedanken, dass Herr Ebert alles abschmettern würde. Doch zu seiner großen Verwunderung hörte sich sein Vermieter alles an und meinte, nachdem Heinzelmeier geendet hatte, dass er sich gerne um alle diese Dinge kümmern werde.
Heinzelmeier musste sich an die Brust fassen, sein Herz hatte einen Schlag ausgesetzt.

*Dieser Mann war nicht sein Vermieter,
es musste ein Doppelgänger sein, oder jemand
hatte ihm eine Gehirnwäsche verpasst.
Nachdem sich Herr Ebert verabschiedet hatte,
dachte Herr Heinzelmeier fieberhaft nach, wie
es zu alledem kommen konnte. Und nach
einigen Minuten wurde ihm klar, dass nur eine
Person dafür verantwortlich sein konnte: Der
Kommissar, der diesen Fall des toten Tauchers
untersucht hatte.
Der Hausmeister hatte ein breites Lächeln im
Gesicht und, auch wenn der Kommissar es nie
zugeben und Heinzelmeier ihn nie direkt
darauf ansprechen würde, so war er ihm
unendlich dankbar für das, was er getan hatte,
egal wie er es angestellt hatte.
Auch, wenn dieser Kommissar auf manche
vielleicht mürrisch, primitiv und launisch
wirkte, so hatte er unter seiner rauen Schale
ein großes Herz, und dieses am richtigen
Fleck...*

Max betrachtete dieses "Dankschreiben" mit großen Augen. Er fühlte sich auf wundersame Weise einiger Lasten entledigt. Solch eine Anerkennung seiner Leistung verschaffte einem doch ein nicht zu unterschätzendes Hochgefühl; daran sollte sich sein Chef mal ein Beispiel nehmen.

Dieser Heinzelmeier war schon ein sympathischer Kerl, er musste ihn wohl einmal auf ein Bier treffen.

Kapitel 17

Nun war es soweit. Offiziell war seine letzte Arbeitsstunde an seinem, naja, mittlerweile doch ganz lieb gewonnenen Arbeitsplatz, vorbei. Sein Schreibtisch war ausgeräumt, sein Kalender mit Motiven von Duke Nukem abgehängt und die Poster, zum Ausklappen aus einem Herrenmagazin, von den Schranktüren entfernt. Max hatte vor einigen Minuten noch eine E-Mail abgeschickt, nun fuhr er den PC herunter und machte den Bildschirm aus. Max sah sich noch einmal kurz um, bevor er den Karton nahm und aus dem Zimmer schritt. Nachdem er sein Büro verlassen hatte, erblickte er seine Kollegen. Der Gerichtsmediziner, die Jungs von der Spurensicherung, die Sekretärinnen und die Nerds aus der Informatik-Abteilung. Sie alle standen fein säuberlich aufgereiht um ihn zu verabschieden, und das ohne hämisches Grinsen, obwohl er mehreren von ihnen das Leben schwer gemacht hatte. Sie alle waren hier, um ihm das letzte Geleit zu geben. Bei Einigen von ihnen glaubte Max sogar, Tränen in den Augenwinkeln zu erkennen.

'Nun, so etwas nennt man wohl eine standesgemäße Verabschiedung!' Während er langsam an seinen Kollegen vorbeizog, den Blick immer stur geradeaus gerichtet, vernahm er immer mal wieder ein leises Wimmern.
'Nicht übertreiben, Leute!'
Als er dem Ausgang immer näher kam, konnte man fast meinen, Frank Sinatra's 'I did it my Way' zu hören. Er blieb stehen und drehte sich noch einmal um, ein letzter Blick auf seine Kollegen, ehe er eine Hand von dem Karton mit seiner Habe löste und die Klinke ergriff.
So endete es also...
"Max!", hallte es durch den Gang und alle Köpfe schwenkten auf die Person, von dem das Wort kam. Dr. Mutzvink war aus seinem Büro gestürmt und hielt auf Max und die Ehrengarde zu. Alle sahen ihn erstaunt an.
"Herr Schneider, so warten Sie doch!"
Ein gezwungenes Lächeln saß auf Dr. Mutzfink's Gesicht.
"Tut mir leid, Dr. Mutzvink, aber mein Dienst ist zu Ende und das war mein letzter Arbeitstag." So höflich war Max nicht mehr gewesen, seit dem Tag, als er zum Kommissar befördert wurde.
"Lassen Sie uns doch noch ein paar Worte unter 4 Augen wechseln."

Sein Lächeln schien wie festgetackert zu sein, obschon es mittlerweile etwas verschoben wirkte.

"Wenn Sie mir noch etwas zu sagen haben, dann tun Sie das ruhig vor meinen Kollegen." Höflich, aber bestimmt.

"Äh, ja, natürlich!" Er strich sich nervös über das Kinn. "Also, Max, ich denke, wir sollten, nun, mit ein wenig Abstand betrachtet, manche vergangenen Dinge nicht überbewerten. Ich meine, Sie haben überreagiert, ich habe ein wenig überreagiert, wir haben Beide etwas Dampf abgelassen und uns wieder beruhigt. Also, was ich eigentlich damit sagen will, das ist-" Dr. Mutzvink schienen die Worte, die er sagen wollte, Magenschmerzen zu bereiten. "- lassen Sie uns doch diese ganze Sache, ich meine, dieses Missverständnis, das zu dieser Unstimmigkeit zwischen uns geführt hat, doch einfach vergessen und Sie räumen Ihren Schreibtisch wieder ein."

Nun blickten die Kollegen nicht mehr erstaunt, sondern fassungslos drein. 'War das wirklich ihr Chef?', schien es allen durch den Kopf zu gehen. Max` Miene verriet noch keine Gefühlsregung.

"Ist es wirklich das, was Sie wollen, Dr. Mutzvink?"

134

Ein Zucken lief um Dr. Mutzvink's Mundwinkel. "Ja, genau das will ich, Max." Max machte ein leicht nachdenkliches Gesicht, während er an die Decke starrte, um den Eindruck zu vermitteln, scharf nachdenken zu müssen.

Dr. Mutzvink schien es in der Stille unbehaglich zu werden. "Natürlich würde ich Ihnen, in Anbetracht Ihrer Umstände, in einigen Bereichen entgegenkommen." Keine Reaktion von Max' Seite. "Zum Beispiel beim Thema Urlaub, Arbeitszeit und Überstundenbezahlung." Noch keine Reaktion von Max. "Und natürlich auch beim Thema Wasser." Die Gesichter wandelten sich zu reinen Schockmienen, Max wunderte sich, dass keiner von ihnen in Ohnmacht fiel.

"Nun, ich denke, darüber lässt sich reden, Dr. Mutzvink. In Ordnung, ich bleibe." Nachdem sich der erste Schock über ihren Chef gelegt hatte, realisierten sie, was eben geschehen war und begannen lautstark zu jubeln. Max hatte sein neutrales Gesicht mittlerweile auch abgestreift und badete in seinem Applaus. Nun meinte man, die Sportfreunde Stiller zu hören. Aus dem allgemeinen Freudentaumel löste sich Dr. Mutzfink als Erster und verschwand wieder in seinem Büro.

135

Nach einigen Minuten, in denen er einige
Glückwünsche entgegen genommen und
einige Tränen getrocknet hatte, ging er zurück
in sein Büro, um alles wieder einzuräumen.
Anscheinend war seine Karriere bei der Polizei
doch noch nicht beendet...

Abgetaucht

Epilog

Die Hochstimmung hatte sich gelegt und Max war mit dem Einräumen seiner Sachen fertig. Er warf einen Blick auf sein Smartphone. 'Das sind die ersten Überstunden, die ich in Rechnung stelle', dachte er eben bei sich, als es an der Tür klopfte und nach Max' "Herein" Arni eintrat.

"Hey Max! Junge, ich will dich ja nicht nerven, aber wie hast du das gemacht?" Arni's Tonfall war mehr, als neugierig.

"Was meinst du, Kollege? Kann ein Mann wie Dr. Mutzvink nicht seine Meinung ändern und aus freien Stücken das moralisch Richtige tun?"

Arni warf Max einen seiner schiefsten Blicke zu, bis dieser zu Grinsen anfangen musste.

"OK, OK", sagte Max lachend. "Ich erzähl es dir ja." Max nahm einen großen Schluck aus seiner eigenen Wasserflasche, die neben seinem Schreibtisch stand.

"Also, pass auf: Als wir Frank Paramo zum Verhör hier hatten, habe ich das Tonband für ein paar Minuten ausgemacht, du erinnerst dich? Dachtest ja, ich wollte ihm ans Leder.

137

In gewisser Weise wollte ich das auch, aber nicht mit den Fäusten. Als ich bei ihm in der Firma war, habe ich ihn einmal rausgeschickt, um mir eine Flasche Wasser zu holen. In der Zeit habe ich mich einmal ein wenig umgesehen und habe in seinem Büro einige, interessante Unterlagen über Wassertests in seinem Werk und seiner Quelle gefunden. Es waren ein paar Anmerkungen zu einer merklichen Abnahme der Wasserqualität dabei." Max machte eine Pause, um noch einen großen Schluck aus seiner Flasche zu nehmen. "Alles soweit ja kein Problem. Solche Bedenken hat jeder Gesundheitsinspektor und so etwas lässt sich ja auch beheben. Gesetzt den Fall, man investiert in neue Filter und die Wartung der Maschine, die die Flaschen reinigt und das Wasser abfüllt. Tja, das hat Frank offenbar nicht für nötig gehalten, oder besser gesagt, wollte er sich nicht leisten. Er hat lieber seine Kontakte spielen lassen, um den Prüfer versetzen zu lassen und seltsamerweise wurde ihm kein Neuer zugeteilt." Nochmals eine Pause für einen Schluck. "Aber aufgrund mehrerer Beschwerden und dadurch immer weniger Abnehmer für sein Wasser, wurde es ihm langsam finanziell eng um die Halskrause.

Bei seinem aufwändigen Lebensstil ganz
schlecht und da flatterte plötzlich ein
Großauftrag herein, der für das Polizeirevier.
Und der kam von keinem Geringeren, als
unserem lieben Dr. Mutzvink, der übrigens seit
Jahren mit Paramo im selben Golfclub ist."
Arni konnte es nicht glauben. "Woher weißt du
das alles, Max?"
"Ein Eintrag in Paramo's Terminkalender:
Einladung Golf Dr. Mutzvink, Wasserdeal."
Arni blieb der Mund offen stehen.
"Wahnsinn!"
"Oh ja, aber es geht noch weiter: Ein
Abteilungsleiter aus dem Landratsamt ist im
selben Golfclub, der zufälligerweise mit dem
Gesundheitsamt zutun hat. Die 3 sind also
Amigos. Einer hilft dem Anderen, wenn es
sein muss. Da gab's auch ein schönes Blatt
Papier auf Paramo's Schreibtisch. Ich habe
übrigens alle Unterlagen wieder zurückgelegt,
nachdem ich sie kopiert hatte, ich bin also kein
Dieb."
"Das gibt es ja nicht..."
"Tja, nachdem ich diese schriftlichen
Bedenken wegen der Wasserqualität gesehen
hatte, habe ich noch ein bisschen weiter
gesucht und die stornierten Aufträge gefunden,
dazu die Bilanzen der letzten paar Monate.

Damit hatte ich genug, um bei dem Verhör ein bisschen auf den Busch zu klopfen. Frank ist prompt drauf eingestiegen und hat gebeichtet. Die Bestätigung vom Golfclub war natürlich nur eine Formsache, schließlich bin ich Polizist. Und schlussendlich habe ich all das an den lieben Dr. Mutzvink per E-Mail geschickt, zusammen mit seinem Kündigungsschreiben, hier."

Max reichte Arni ein Blatt Papier.

"... unbegründete Kritik an der Wasserqualität... vorsätzlicher Angriff auf einen Vorgesetzten... Verunglimpfung eines unbescholtenen Geschäftsmannes..." Arni war perplex. Wenn diese Kündigung an die Öffentlichkeit gedrungen wäre, zusammen mit den Unterlagen über Paramo, hätte er seinen Hut nehmen müssen und wäre mit einem Arschtritt abgefunden worden.

"Mutzvink wäre geflogen..."

"Das vielleicht nicht, aber man hätte ihn wohl in die Asservatenkammer strafversetzt und unseren guten Thomas befördert."

"Das alles habe ich Frank in der Zeit erzählt, als er hier beim Verhör war, und auch, dass eine Mappe mit allen Unterlagen und einer Wasserprobe, in Form eines Wasserkanisters aus unserem Lager, für die Presse bereit steht.

Ich habe ihm das Versprechen abgenommen, dass er seinen Laden dichtmacht bis alles gerichtet wurde, sämtliches Wasser aus seiner Fabrik wird zurückgerufen und er entschädigt Alle, die seine Plörre trinken mussten.

Der Typ aus dem Landratsamt lässt sich ebenfalls versetzen, er ist in Zukunft als Außendienstler für Landwirte mit dem Schwerpunkt Rind- und Schweinezucht verantwortlich, er wird die Beschaffenheit der Misthaufen begutachten. Und der Schmutzfink, du hast ja gehört, er ist ziemlich einfallsreich, was die Wiedergutmachung angeht."Arni konnte es noch immer nicht fassen... "Aber... Wenn du das alles schon wusstest und gleich vorhattest, Dr. Mutzvink zu erpressen, warum hast du so zerknirscht getan?"

"Naja, ich konnte nicht sicher sein, dass der Schmutzfink darauf einsteigt. Wenn er das gemeldet hätte, wäre ich zu 100% geflogen, Erpressung eines Vorgesetzten wird nicht so gern gesehen bei der Polizei, da sind die Vorgesetzten irgendwie eigen... Aber meine Einschätzung war richtig, dass er kapiert hat, seine Fallhöhe ist wesentlich größer als meine."

"Und welches Wasser wirst du Dr. Mutzvink für das Revier nun vorschlagen ?"

"Nun, ich habe hier einen guten Six-Pack vom Discounter um die Ecke, nicht gerade schlecht und gar nicht mal so teuer, aber leider füllen die das Wasser nicht in Kanistern... Also habe ich diese Idee gehabt..." Max schob Arni einen Zettel hin.

Ihm gingen die Augen über. "Bist du verrückt? Das ist dass teuerste Wasser, das es gibt!"

"Aber nicht doch, ich habe mich informiert, es ist nur das drittteuerste Wasser auf dem Markt in Deutschland."

Arni starrte Max ungläubig an.

"Ist ja nur eine Art Eröffnungsangebot, damit er gleich sieht, dass er seinen Vorgesetzten einen höheren Wasserpreis erklären muss."

"Hast du ihm diesen Vorschlag schon zukommen lassen?"

Diese Frage beantwortete sich von selbst, als im nächsten Moment ein unverkennbares Brüllen vom Flur zu vernehmen war:

"SCHNEIDER!"

"Schon per E-Mail vorgeschlagen", sagte Max schmunzelnd und nahm noch einen Schluck von seinem Wasser.

***

More....

COMING SOON

!